BARACK OBAMA
RACONTÉ AUX ENFANTS
DE 8 Á 88 ANS

LES ÉDITIONS DE PASSY
Jeunes de 8 à 88 ans

à paraître aux éditions de Passy :

Augustine FERRY
Rupture amoureuse : les remèdes d'Ovide
décembre 2009

« on devrait toujours ,écouter les poètes de l'Antiquité… »

LES EDITIONS DE PASSY
19, rue du Bouquet de Longchamp,
75016 Paris
fgirond@hotmail.com

ISBN : 2 35146 021 9
EAN : 9782351460214

Tonton, te souviens-tu ?
Je t'avais demandé, l'autre jour, de me parler de Barack Obama !
Ah, oui !!! Le phénomène Obama, un vent d'Amérique qui a également soufflé chez nous ! Albert, nous ferons ensemble un voyage passionnant sur les traces de Barack Obama !
J'apprécie bien ton côté taquin et curieux. Alors, tu veux qu'on parle de Barack Hussein Obama !

Oui ! Il y a beaucoup de choses que j'entends à la télé sur Obama mais je n'y comprends pas tout !
Alors, la vie de Barry, ce surnom de Barack Obama, le même que portait d'ailleurs son père quand il était étudiant aux Etats-Unis, est passionnante et étonnante.
Passionnante histoire que celle du 44ème président des Etats-Unis ! Barack Hussein Obama, le premier président noir des Etats- Unis d'Amérique!
La Maison blanche change de couleur et, Albert, cette couleur n'est ni noire ni blanche. Elle est tout simplement humaine et fraternelle. Tant mieux ! Quelle bonne nouvelle en ces temps difficiles ! Obama président d'une Amérique multi- raciale, c'est l'Amérique qui se réconcilie avec elle -même !

Pourquoi ?
L'histoire des Etats-Unis est une histoire de douleurs, de souffrances, d'injustices mais aussi d'espérances et d'étonnement. Nous ne manquerons pas de voyager à travers cette étonnante histoire. Avec Obama comme guide !

Obama a donc surpris tout le monde !
Et dire qu'en 2004, très peu d'Américains avaient entendu parler de lui! Même les journalistes avaient de la peine à écrire son nom ! Lui- même les aidait d'ailleurs à l'épeler avec un sourire affable et charmeur dont il a le malin secret !
Bien sûr que c'est avec un réel plaisir que nous voyagerons dans son monde car Obama est, à lui seul, un petit monde.
En plus, il fait beau temps, ce Samedi. Chauffes-moi un peu de thé à la menthe et nous commençons ! Tu verras ! Ce sera un voyage passionnant parce que la vie de Barack Obama voyage beaucoup, d'un pays à un autre, d'un continent à l'autre bout du monde !

Tiens ! J'éteins la télé pour mieux t'écouter!
Merci pour le thé ! Alors, ça y est ! On y va ! Dans le monde de Barack Obama, le fils du Noir kenyan, « noir comme du goudron » et de la Blanche du Kansas, « blanche comme du lait »!Albert, le monde de Barack Obama est fait de rêves, de mouvement, d'audace, d'organisation et surtout de réussite.

Obama est une vraie star comme Georges Clooney. Quand je le vois, je pense aussitôt aux acteurs du ciné.

Tu as bien raison. Il aurait pu réussir au cinéma avec sa figure de beau gosse, avec son 1,88 m de taille. Il est jeune et rassurant, un brin glamour !
J'aime la politique, les émissions de débat et surtout celles sur la politique. C'est mon sport favori. Toi, tu as deux passions : le cinéma et le foot.
Ah ! George Clooney dont tu parlais, à l'instant, l'a d'ailleurs soutenu pendant la campagne !
Hollywood, à travers le cinéma, avait déjà élu et installé un noir à la Maison blanche bien avant la réalité de l'élection d'Obama avec des films comme « 24 H chrono » et le désormais célèbre David Palmer !
Je te vois sourire chaque fois qu'on parle de cinéma, ton truc préféré !
Il n'y a d'ailleurs pas que le film « 24 H chrono », tu sais ?

Ah, bon !
Oui, quand j'étais jeune, il y a eu un film en 1972 qui s'appelait « THE MAN » où un Noir, James Earl Jones, était président des Etats-Unis. A l'époque, j'avais vingt ans.
En 1998, il y a également eu Morgan Freeman que tu connais sûrement à travers d'autres de ses films, qui a joué le rôle de président américain noir dans un film.

Je connais bien Freeman mais je ne savais pas qu'il avait joué le rôle de président noir dans un film !
Si ! Ce film s'appelait « Deep Impact ». Tous ces films ont, en leur manière, aidé à préparer l'opinion américaine à bien accueillir la candidature d'Obama, à lui faire confiance, à le juger selon son mérite et non la couleur de sa peau. Surtout à se

convaincre qu'il peut bel et bien diriger la première puissance du monde. Le cinéma a donc contribué, en sa manière, à préparer les mentalités à soutenir plus facilement la candidature de Barack Obama. On peut dire que la fiction du cinéma a balisé le terrain pour la réalité de la politique.
Albert, parler de Barack Obama nous prendra des heures, peut-être toute la journée, si tu veux bien.

Je suis impatient de savoir qui est Obama !
Enfin qu'est ce que tu souhaites savoir sur le premier président noir des Etats-Unis ?

Tout !
Tout ! Je ne sais pas si nous en aurons le temps mais je te dirai ce que je sais de lui, de sa vie, de sa campagne mais aussi de sa première année à la Maison blanche. Il est vrai que le sujet m'a beaucoup passionné.
Alors, tout d'abord ! Je crois que c'est bon à savoir ! Barack est un nom qui tire ses sources de chez les Hébreux et les Arabes et signifie « béni » ou celui qui a la baraka, c'est-à-dire la bénédiction de Dieu, du ciel. En d'autres termes, quelqu'un qui est chanceux, qui a une bonne étoile comme l'on dit.
Quant à Obama, c'est un nom africain qui signifie « lance ou javelot enflammé » en swahili. Le swahili est une langue parlée en Afrique centrale et Australe, donc au Kenya, pays du père de Barack Obama.
Barack Obama signifie donc la lance enflammée et bénie. Comme tu peux le constater, son nom est éloquent et significatif!
La lance est forte. Elle perce et foudroie. Elle échappe aux pièges et aux dangers de l'adversité parce qu'elle est bénie et a sa part de chance, de

baraka. Voilà, Albert, la signification et les symboles portés par le nom de celui que tu appelais, l'autre jour, le superman !

Ah ! Je ne savais pas tout ça ! Barack signifie Béni ! Son nom a du sens !

Comme beaucoup de noms d'ailleurs!

Et Hussein ! Qu'est-ce que ça signifie ?

Le prénom Hussein est d'origine arabe et est le diminutif d'Hassan. Il signifie « bon », « beau ». C'était aussi le nom du petit fils du prophète de l'islam, Mahomet.

Son petit-fils !

Oui ! Hussein était le fils d'Ali et de Fatima, qui, elle, était la fille du prophète Mahomet. Hussein est donc son petit-fils.

Nous formons une famille formidable et tolérante ! Notre famille est un peu à l'image des parents d'Obama. Moi, je suis musulman, mon frère, ton père, était chrétien. C'est pourquoi, toi tu portes un nom chrétien. Nous vivons en harmonie, chacun avec son nom, sa religion. C'est cela la tolérance !

Ah !! J'ai bien compris.

Alors, Albert, si tu le veux bien, j'aimerais que nous parlions d'abord des Etats-Unis, son pays. Nous verrons, par la suite, l'enfance de Barack Obama, sa famille et son parcours politique.

Avec plaisir, tonton !

Alors, les Etats-Unis sont le pays de tous les rêves et de tous les possibles. L'aventure séduisante d'une grande nation commencée il y a 233 ans ! C'est-à-dire de la proclamation de l'indépendance du pays à 2009.

Les Etats- Unis ou USA (United States of America) en anglais, sont une fédération de 50 Etats, c'est à dire qui se sont regroupés pour former un grand ensemble puissant.
Sur le drapeau américain, chaque étoile représente un Etat. Tu constateras aisément qu'il y a 50 étoiles représentant, chacune, un Etat de cette belle fédération! 50 étoiles blanches donc pour 50 Etats !
La belle île d'Hawaï, où Barack Obama est né, fait aussi partie de cette grande fédération et est d'ailleurs le dernier Etat qui a rejoint la fédération des Etats-Unis.
Les Etats-Unis ont été colonisés par les Anglais dont les premiers colons sont arrivés en Virginie en 1607. A l'époque, les terres n'étaient pas assez peuplées mais il y avait des peuples comme les Indiens qui y habitaient. Ils étaient les propriétaires des terres avant l'arrivée des colons venus d'Europe. Beaucoup d'entre eux furent massacrés, par la suite, par les nouveaux arrivants, plus puissants.
Les vagues de colons et d'esclaves noirs, arrachés à l'Afrique, vont suivre. Les colons vont chercher à s'affranchir de l'Angleterre, c'est-à-dire à se libérer de la domination anglaise et prendre leur propre destin en main et surtout ne pas dépendre forcément des décisions prises en métropole.
On s'achemine alors vers l'indépendance des Etats-Unis, proclamée le 4 Juillet 1776.
Washington en est la capitale fédérale, située dans le district de Columbia.
En 2008, la population des Etats-Unis s'élevait à 302 millions d'habitants. Cela signifie qu'après les Chinois, les Indiens, les Américains sont les plus nombreux.

La population des Etats-Unis est constituée essentiellement de quatre grands groupes ethniques : les Blancs, les Hispaniques, les Noirs et les Asiatiques.
Après les Blancs qui sont encore les plus nombreux, même si cela est en train de changer, les Hispaniques, avec 15%, sont désormais la première minorité. Viennent ensuite les Noirs et les Asiatiques.

Et les Noirs ? Combien représentent-ils ?
Belle question ! Alors, les noirs constituent aujourd'hui 13% de la population américaine, donc la deuxième minorité après les Hispaniques. En fait, les Noirs étaient, il y a peu, la première minorité du pays. Compte tenu de la proximité avec les Etats-Unis de pays tel le Mexique dont des milliers de ressortissants entrent chaque année aux Etats-Unis, les Hispaniques ont fini par dépasser, en nombre, les Noirs.

Et les métis ?
Tu as bien fait de poser la question ! Barack Obama est métis et nous parlerons plu tard de cette catégorie spécifique que constituent les Métis. Saches déjà qu'aux Etats-Unis, la classification officielle de la population en grands groupes ethniques ne prenait pas en compte les Métis auparavant comme une catégorie en tant que telle. Il y a des explications à ce sujet que je te donnerai plu tard !

D'accord !
Maintenant, la superficie ! Les Etats-Unis comptent 9,4 millions de km², ce qui fait d'eux le 3ème plus grand pays au monde. Mais attention, certains chiffres donnent plus de superficie, c'est-à-dire

plus de grandeur territoriale à la Chine devant les Etats-Unis. Ce qui n'est donc pas étonnant de les voir classés souvent 4ème derrière la Chine, le Canada et en tête, la Russie.
Les Américains, première puissance mondiale économique, militaire et scientifique, sont très fiers de leur drapeau, présenté comme le symbole de leur patriotisme, en quelque sorte de l'union. Ils aiment l'arborer en miniature, l'accrochant sur leurs vestes ou le planter sur leurs balcons.
Ils font allégeance, c'est-à-dire jurent fidélité et attachement à leur drapeau, à leur nation, placée sous la protection de Dieu. Tu sais, les Américains sont, pour la majorité, croyants. Ils croient en l'existence d'un Dieu suprême, au jugement dernier, au paradis et à l'enfer. La majorité des Américains sont protestants. Tout le contraire de la France où les catholiques, comme toi, constituent la majorité.
Les Américains sont à la fois fiers et jaloux de leur rang de première puissance qu'ils veulent préserver face à la montée de la Chine, la Russie ou de l'Union européenne, considérés, à juste titre, comme des concurrents.
L'Amérique continue à fasciner et à attirer en raison des opportunités qui s'offrent aux nouveaux arrivants, leur permettant de réaliser leurs rêves pourvu qu'ils veuillent bien lutter et réussir. C'est ce qu'on appelle le rêve américain ou en anglais « american dream. »

C'est vrai ! J'entends souvent ce mot !
Alors, le rêve américain dont Obama même a beaucoup parlé pendant la campagne, c'est cette chance et ces opportunités de réussite, de succès qui s'offrent à chacun. En un mot, la possibilité pour chaque américain, voire chaque individu

vivant aux Etats-Unis de réaliser ses rêves, d'avoir ce qu'il cherche, d'être, comme on le dit, acteur de son propre destin.
On appelle également cela « les success stories » c'est-à-dire les histoires étonnantes de réussite comme celle de Barack Obama. Tu te souviens bien qu'il y a encore 3 ans plutôt, la grande majorité des Américains ne le connaissait pas.
C'est aussi le cas d'ailleurs d'Arnold Schwarzenegger qui est né en Autriche, est venu aux Etats-Unis à l'âge jeune pour s'imposer comme une star du cinéma avant d'être élu gouverneur de Californie, l'Etat le plus riche des Etats-Unis.
Albert, cet attrait des Etats-Unis est aussi telle une médaille qui a son revers, c'est-à-dire que les Américains sont aussi souvent détestés en raison de leur arrogance de première puissance qui aime en dicter souvent aux autres pays.

Les gens sont jaloux d'eux. Moi, je les kife !
Kifer ? C'est-à-dire ?

Ah, tonton, à mon tour de t'apprendre des choses. Kifer, ça veut dire aimer. C'est un mot entre jeunes de la banlieue !
Merci ! Tu parlais tantôt de jalousie à l'égard des Etats-Unis ! Tu n'as peut-être pas tort. Comme on dit, la roue de l'Histoire tourne. Le premier peut devenir le dernier tout comme le dernier peut déclasser le premier. Les individus luttent, les pays aussi.
Il y a un peu plus d'un siècle, c'est-à-dire au 19ème siècle, ce sont les Britanniques qui régnaient sur le monde. Aujourd'hui, c'est le tour des Etats-Unis comme première puissance du monde. Ils ont été peu touchés par la seconde guerre mondiale alors

que les grands pays de l'Europe tels la France, l'Angleterre et l'Allemagne ont été presque ruinés par cette guerre meurtrière.
Voilà, en quelques mots, ce grand pays dont Barack Hussein Obama est aujourd'hui le président !

Bien expliqué et bien compris !
Maintenant, l'enfance de Barack Obama !
Comme je te l'ai déjà dit, la vie de Barack Obama ressemble à un feuilleton, un long film avec ses épisodes. Je te la raconterai pas à pas, étape par étape, épisode par épisode : enfance, études, entrée en politique, entrée au Sénat des Etats-Unis où il était, à l'époque, le seul Noir jusqu'à son élection et sa première année à la Maison blanche. Sa vie bouge, tourne, voyage tel un oiseau. Intéressant et passionnant comme film !
Il est, à lui seul, un petit monde tant sa vie voyage à travers les continents. Il est à l'image du temps de la mondialisation. Son parcours réconcilie les pays, les continents.
Nous parlerons d'Hawaï, là où il est né, de l'Indonésie, du Kenya, de l'Afrique, de Chicago aux Etats-Unis.
Sois attentif et n'hésite pas à m'arrêter si tu ne comprends pas et surtout ne te gênes guère à me poser les questions qui te titillent.

Ce sera avec plaisir, tonton ! Tout d'abord, dis-moi, Obama écrit avec sa main gauche ?
En effet, Obama est gaucher comme avant lui les présidents Gérald Ford, Ronald Reagan, George Bush père ou Bill Clinton. Obama est actuellement le plus célèbre gaucher du monde !

D'accord !

Alors, commençons par le commencement, comme l'on dit !

Disons quelques mots sur son grand père, le papa du père d'Obama!

Alors, le grand père de Barack Obama était un homme courageux et curieux. L'aventure, le goût du risque et surtout l'ouverture vers d'autres races, d'autres cultures sont une constance chez les Obama.

S'agissant de certaines habitudes qu'on retrouve de père en fils dans sa famille, Obama, lui-même, aime souvent rigoler en ces termes : « C'est dans le sang ! »

Juste une manière de dire que c'est une habitude, une tradition en famille.

Alors, le grand père Hussein Oyango, père du papa de Barack Obama, était un patriarche réputé pour son caractère tranchant, son goût de la propreté et de l'hygiène, son esprit d'aventure et de découverte. Il a été l'un des tout premiers Noirs de sa région à s'intéresser aux premiers colons, à vouloir découvrir leur culture, à parler et écrire leur langue au moment où l'homme blanc était vu d'un œil méfiant.

Son grand-père sera employé à domicile dans certaines familles blanches avant de devenir cuisinier toujours au service des blancs. Cela l'amènera à voir l'Europe et l'Asie, déjà en ces temps lointains.

Hussein Oyango retournera sur sa terre, s'adonnera à l'agriculture, riche d'expériences et des techniques agricoles apprises pour devenir un paysan prospère. Il savait aussi faire l'élevage de bovins et de caprins.

C'est alors qu'il se marie avec une femme qui s'appelle Helima. Helima, stérile, ne lui donnera

pas d'enfant. Il divorce pas mais épouse une autre femme, Akumu. Retiens- bien ce nom !
Il avait une autre femme Sarah qui vit aujourd'hui encore au Kenya, considérée comme la grand-mère d'Obama. Nous parlerons plus loin de cette femme brave, âgée de plus de 80 ans, et capable de travailler encore aux champs. C'est elle qui va d'ailleurs élever et s'occuper du père d'Obama.

Pourquoi disais- tu de retenir le nom d'Akumu ?
Alors, Akumu est, en réalité, la mère biologique du papa de Barack Obama. On parle moins d'elle parce qu'elle ne vit plus.
Une deuxième raison…

Laquelle ? Dis-moi, tonton !
Parce qu'Akumu n'a pas pu supporter Hussein Oyango, son mari, très dur, presque mesquin, et qui battait souvent, comme beaucoup d'hommes, à l'époque, ses femmes.
Akumu avait déjà fait deux fugues chez ses parents où son mari qui l'aimait, malgré son orgueil d'homme, venait la chercher.
A sa troisième fuite chez ses parents, la mère du père d'Obama ne revient plus au domicile conjugal. Il faut dire que ses parents finissent par la soutenir contre ce mari dur, trop exigeant.
Elle reste donc chez ses parents et finit par se remarier au Tanganyika, dans l'actuelle Tanzanie.
Tu devines donc pourquoi Sarah, celle qui vit aujourd'hui au Kenya et médiatisée, sera celle qui va s'occuper désormais du père d'Obama, Barack Hussein Senior.
Akumu a eu deux enfants avec le grand père d'Obama, Sarah et Barack Hussein senior. Quand elle quitte le foyer conjugal, ses deux enfants sont

sous la protection de sa coépouse, Sarah qu'on a vu sur les écrans de télé se réjouir de l'élection d'Obama.
C'est elle qui s'occupera désormais du père de Barack Obama et de sa sœur après le départ de leur mère. Agée de 86 ans, elle vit encore à Kolego, un village à l'ouest du Kenya en Afrique.

Il y a donc deux Sarah ?
Exact ! Sarah, c'est le nom de la grand-mère qui vit aujourd'hui au Kenya qui n'est pas la grand-mère biologique d'Obama mais qui s'est bien occupée de son père et de sa tante qui s'appelle aussi Sarah.
Tout simplement, la deuxième Sarah, c'est la sœur du papa d'Obama, donc sa tante.

Helima n'a pas d'enfant, Akumu a eu Sarah et le papa d'Obama !
Et l'autre Sarah qui vit aujourd'hui au Kenya et qui s'est occupé des enfants de sa coépouse partie, elle n'a pas d'enfant, elle ?
Elle en a ! Omar, Saïd, Zeituni. C'est d'ailleurs ses enfants qui vivent au Kenya et qui sont les oncles de Barack Obama, c'est-à-dire les demi-frères de son père.
Barack a bien raison d'appeler et de considérer Mama Sarah Oyango comme sa grand- mère. C'est une femme courageuse, brave et généreuse qui s'est bien occupée de son père ainsi que de sa sœur.
Le père d'Obama, lui-même, l'a toujours considérée et respectée comme sa vraie mère. C'est à elle que se confiait le papa d'Obama dans ses moments difficiles.

Obama connaît donc toutes ces personnes !
Si. Il a le sens de la famille comme on dit. Avant d'être président il était déjà parti au Kenya et les a vues. Il le connaît donc !

Ah, bon ! Obama est parti en Afrique avant même d'être président ?
Bien sûr ! Nous parlerons de ces voyages en Afrique et tu comprendras mieux !

Où les parents d'Obama se sont-ils connus ?
Tout commence donc sur cette belle île qu'est Hawaï. Ile de diversité, de couleurs, de rencontres, d'amour ! Hawaï, terre de naissance de Barack Obama! C'est là bas que ses parents se sont connus, se sont aimés. Les deux étaient, à l'époque, des étudiants.
A l'époque, le père de l'actuel président américain, est un jeune étudiant Kenyan, venu faire ses études chez l'oncle Sam, cet autre nom des Etats-Unis.
A l'université, il fait la connaissance d'une jeune américaine blanche. Elle s'appelle Stanley Ann Dunham. Ils s'aiment et finissent par se marier malgré le racisme encore tenace et visible à cette époque.
Albert, les deux livres qu'il a écrits, « Les Rêves de mon père » et « L'Audace d'espérer », résument, à eux deux, sa personnalité et son état d'esprit. Dans sa vie, il y a à la fois du rêve et de l'audace et surtout une ferme volonté de réussite. Barack Obama a confiance en lui-même et surtout sûr de lui comme son père. Des traits de personnalité importants pour réussir dans la vie! L'audace et l'estime de soi. Il était sur les traces de son père.

C'est à dire?
Je te parlais à l'instant de la prestigieuse université de Harvard ! Et bien, l'actuel président des Etats-Unis, va suivre les traces de son père comme s'il souhaite un jour continuer à réaliser ses rêves qui ne seront pas aboutis.
Quand il va grandir, Barack Obama junior fera la même université que son père et sortira également diplômé de Harvard.

Quand il a rencontré la mère de Barack Obama qui était blanche, il n'y a pas eu de problèmes de racisme ?
Très belle question ! En réalité, les parents de la mère de Barack Obama n'étaient pas trop enthousiastes mais n'ont pas, non plus, cherché à empêcher leur union. Ils ont préféré laisser leur fille se marier avec l'homme qu'elle aimait.
Mais en ces temps, le racisme était très fort aux Etats-Unis et beaucoup de familles blanches ne pouvaient imaginer voir leur fille avec un homme noir.
Oui, quand les parents d'Obama se sont rencontrés, plus de 30 Etats des Etats-Unis interdisent encore les mariages entre Blancs et Noirs. Dans certains Etats, on n'hésitait pas à tuer ou lyncher les contrevenants à cette interdiction, c'est-à-dire ceux qui ne respectent pas cette interdiction.
Le jeune étudiant en économie est beau et intelligent, charmant, noir comme du goudron. Elle est belle, éveillée, rebelle, prête à écouter l'appel de son cœur, l'amour pour ce jeune étudiant brillant venu de l'Afrique, plus précisément du Kenya, pays des Massaï et du lac Victoria. Obama est donc le fruit d'une belle rencontre, l'enfant d'une promesse, celle du métissage.

Le fait qu'Ann, la mère de l'actuel président, soit une étudiante inscrite en Anthropologie, une science qui s'intéresse aux sociétés traditionnelles, à leurs cultures et à leurs spécificités n'a-t-il pas facilité leur amour ? Quand on a cet élan à vouloir découvrir d'autres peuples, on est disposé à l'ouverture, à la tolérance et à accepter plus facilement la différence. Ann Dunham n'est pas raciste. Au contraire, elle a du cœur pour l'autre, l'étranger, le lointain qu'était le père d'Obama à l'époque.

Ils s'aiment et se marient sans grand tapage.

De cet amour étoilé entre deux mondes, deux cultures, deux races, deux continents, naît Barack Obama junior le 4 Août 1961. L'enfant métis qu'il est, symbolise, à l'époque, une belle gifle au racisme et aux racistes ! Cette naissance d'Obama était déjà un espoir pour l'avenir. Sans qu'on le sache peut-être à l'époque !

Quelle belle histoire ! Un film !

Oui, Albert ! Un joli film ! L'étudiant kenyan souhaite poursuivre ses études d'économie à un autre niveau. Homme de mouvement, de curiosité et de défis, il va quitter Hawaï, laissant, derrière lui, Ann et l'enfant, pour aller étudier à Harvard, la célèbre et prestigieuse université américaine.

Ses parents ne vont pas tarder à se séparer. Ils finiront par divorcer.

Quand son père, Barack Obama Senior, quitte sa maman pour aller étudier à l'université de Harvard, plus précisément en 1963, Barack n'avait que 2 ans. Souviens- toi qu'il est né en 1961.

S'il était né, trois ans plutôt, c'est-à-dire en 1958, *il* ne serait pas aujourd'hui président des Etats-Unis....

Pourquoi?

Je lis l'étonnement sur tes yeux. Saches que la Constitution américaine ne permet pas à ceux qui sont nés hors du pays d'être candidat à l'élection présidentielle. Et en 1958, Hawaï n'était pas encore un Etat américain. Il faut être né sur le sol américain pour être autorisé à briguer la Maison blanche. L'intéressé peut certes postuler aux autres hautes fonctions, (élection ou nomination) excepté la présidence des Etats-Unis.

C'est d'ailleurs le cas d'Arnold Schwarzenegger qui est gouverneur de l'Etat de Californie mais ne peut aujourd'hui prétendre à la présidence des Etats-Unis parce qu'il s'est naturalisé américain. Il est né en Autriche comme nous l'avons déjà dit.

Effectivement, si Barack Obama était né trois ans plutôt, c'est-à-dire en 1958, il ne pourrait pas devenir aujourd'hui le 44ème président des Etats-Unis et le 1er président noir.

Hawaï devient officiellement le 50ème et dernier Etat de la fédération des Etats-Unis, le 21 août 1959.

Ah ! Je comprends bien mais c'est bizarre ça ! En France, c'est possible, non ?

Bien sûr que c'est possible chez nous. Ségolène Royal est née à Dakar au Sénégal. Cela ne l'a pas empêchée d'être candidate à l'Elysée en 2007. Chaque pays a sa constitution, ses lois, sa culture politique et ses réalités.

Après ses brillantes études, le père de Barack Obama rentre au Kenya, son pays, le laissant avec sa maman aux Etats-Unis. Les deux parents d'Obama étaient déjà divorcés comme cela arrive dans beaucoup de couples.

Pourquoi son papa est retourné au Kenya après ses études ?
D'abord, parce que c'était son pays. Il y était né, y avait grandi.
En plus, c'était la période des indépendances africaines. Les grands diplômés sortis de grandes universités occidentales, surtout Harvard pour le cas du papa d'Obama, étaient rares. Le père d'Obama voulait participer au développement de cette jeune Afrique des indépendances.
Il retourne donc au Kenya, travaille comme un grand commis de l'Etat mais finit par avoir des problèmes avec le président Jomo Kenyatta.

Pourquoi son père a eu des problèmes avec le président ?
En réalité, son père était un intellectuel indépendant qui aimait affirmer sa liberté d'expression. Il avait fait de brillantes études et ne comprenait pas pourquoi lui était obligé de servir des ministres moins intelligents et diplômés que lui.
Et beaucoup de présidents n'aiment pas les gens indépendants, libres dans leurs pensées et actes.

Je ne comprends pas ce que ça veut dire la liberté d'expression !
Alors, la liberté d'expression, c'est le droit pour chaque homme de dire ce qu'il pense dans le respect des lois. Le père d'Obama aimait souvent critiquer ce qui se fait dans le pays, ce que faisait le gouvernement ne lui convenait pas. Il pensait, par exemple, que son ethnie était marginalisée, c'est-à-dire que les Luos n'avaient pas les mêmes chances de promotion dans l'administration comme les Kikuyus, l'ethnie du président de l'époque. Certes cela n'existait pas qu'au Kenya

mais ce n'est pas une bonne pratique. Ca peut pénaliser le développement du pays et même menacer la paix sociale à long terme.

Le père de Barack Obama a donc insulté le président ?
Non, Albert, il aimait seulement dire ce qu'il pensait du pays, de l'administration, de la manière dont le Kenya était géré et qui ne lui plaisait pas. Tu sais il avait fait une très grande université, Harvard, aux Etats-Unis. En plus, il aimait bien le Kenya sinon il ne s'y serait pas retourné après ses études.
Ah, je te l'ai pas encore dit. C'est important à savoir !

Quoi ?
Eh bien ! Avant ses études aux Etats-Unis, le papa d'Obama était marié et avait déjà des enfants avec sa première femme.

Avant la mère d'Obama !
Bien sûr ! Au Kenya, sa femme s'appelait Kezia. Avec, elle, il a eu Roy et Auma.

A son retour au Kenya, est-ce qu'il a eu d'autres enfants ?
Barack Obama senior avait du succès auprès des femmes.
Comme nous l'avons déjà vu, à son retour au Kenya, il était déjà divorcé de la maman de Barack Obama.
Quelques temps plu tard, une autre Américaine, Ruth, va au Kenya le chercher et se marie avec lui. Elle aura deux enfants avec lui, Mark et David. Albert, les couples ont aussi leur moment de difficultés. Le père de Barack Obama et

l'Américaine Ruth finissent par se quitter plu tard et elle rentre aux Etats-Unis.

Et Kezia, sa première femme qu'il avait, avant ses études aux Etats-Unis ?
Justement, l'arrivée de l'Américaine Ruth les fera divorcer également. Cette blanche, amoureuse du père d'Obama, ne voulait pas de polygamie. Kezia sera donc divorcée. Mais les deux continueront à se voir et auront deux autres enfants.

En plus de Roy et d'Auma !
Voilà que tu me suis bien ! Même divorcés, les anciens époux qui s'aimaient, auront donc Abo et Bernard. Kezia a donc eu quatre enfants avec lui.
Il y a également George, son dernier enfant, que le père d'Obama a eu avec une autre Kenyane.

Donc, il a eu des enfants avec 2 femmes noires, kényanes comme lui, et deux femmes blanches, américaines.
Tu as donc bien suivi mon récit! Quatre enfants avec Kezia, la première Kényane, un enfant avec Stanley Ann Dunham, la mère de Barack Obama, deux enfants avec Ruth, l'autre américaine et enfin un enfant avec l'autre Kényane.
Du côté paternel, il a donc 8 demis- frères et sœurs et une demi-sœur, Maya Kassandra Soetero-Ng, du côté maternel. Nous parlerons plus loin de cette demi-sœur indonésienne de Barack Obama.
Il a une famille nombreuse, diverse à travers les continents. Tout un symbole en ces temps de mondialisation et de diversité!
Mais revenons à son enfance !
Barack Obama a six ans quand sa maman rencontre un autre homme, un autre étudiant venu

de l'Indonésie faire aussi ses études aux Etats-Unis.

En 1967, alors !

Bravo, Albert! C'est effectivement en 1967 que la maman de Barack Obama, Ann Dunham, se remarie avec un autre étudiant, Lolo Soetoro – Ng, qu'elle a rencontré après le père de Barack Obama.

Ce second mariage fait donc suite à sa séparation avec le père de l'actuel président des Etats- Unis.

Elle est donc allée en Indonésie ?

Oui ! Mais, elle a connu cet étudiant à Honolulu à Hawaï aux Etats-Unis. C'est après leur mariage qu'ils décident d'aller vivre en Indonésie, le pays du beau-père de Barack Obama, c'est-à-dire le nouveau mari de sa maman. Il ne l'appelle pas par tout son nom. Il l'appelle tout simplement Lolo et nous ferons comme lui.

Barack est parti avec eux ?

Si ! Lolo était déjà rentré dans son pays, bien avant Obama et sa mère. Ils iront donc le rejoindre. L'Indonésie est le plus grand pays musulman au monde par l'importance de sa population. Elle est située en Asie. Il fera une partie de sa scolarité là bas aux côtés de sa maman.

Son beau-père, un homme sympathique, généreux et serein mais timide, l'aime bien. Il donne déjà à Barack des cadeaux dès son arrivée avec sa mère à Djakarta mais ne tarde pas à lui apprendre que vivre c'est se battre.

Il est un enfant mais Lolo lui parle déjà comme à un adulte pour l'aider à saisir et comprendre la dureté de l'existence humaine. Rien n'est facile. La réussite ne se donne pas mais se cherche et se

mérite. Lolo remplace valablement, en ces moments, le vrai père absent.
A Barack qui lui raconte un jour qu'il s'est bagarré avec un camarade, Lolo, comme il l'appelle, lui achète des gants !

Des gants ! Pour quoi en faire ?
Je sais que cela va t'étonner ! Des gants pour lui apprendre à bien boxer et à bien se défendre contre ses camarades avec qui il va peut être encore se battre le plus souvent comme ça arrive entre enfants à l'école, dans la cité ou dans la rue.

Mais il est bizarre, Monsieur Lolo ! Il ne lui dit pas de ne pas se battre mais de bien boxer !
Albert, Lolo connaissait bien l'Indonésie et savait que la bonté n'empêcherait pas que des camarades taquins provoquent Barack. Même si on est gentil, il arrive souvent que des gens te provoquent, fassent le méchant contre toi. Comme c'était le cas avec ce camarade avec qui il s'était déjà battu.
Lolo apprend à Barack qu'il vaut mieux être fort ou être avec les forts, comparant les hommes aux pays. Les forts tuent les faibles, leur volent leurs terres et leurs femmes.
Lolo apprend très tôt à Obama qu'il doit d'abord compter sur lui-même.
Le jeune garçon, curieux, apprend vite la langue indonésienne, s'émerveille de ce nouveau monde, la beauté des paysages indonésiens, la pauvreté dans le pays et son lot de mendiants. Sa mère se soucie assez de sa réussite scolaire, le réveille tôt le matin, l'aide à perfectionner son anglais. C'est une nouvelle aventure, une nouvelle école d'apprentissage de la vie, de l'existence. Il en garde de bons souvenirs.

Lolo est pour lui un maître, celui qui l'aide à grandir, à mûrir, à accepter la vie dans sa dureté.

Ah ! C'est là bas en Indonésie qu'il a fait l'école coranique ?

En réalité, c'est autre chose. Ce n'est pas vrai comme information!

D'abord, ce n'est pas une honte de faire une école coranique. L'islam est une grande religion respectable et tolérante. Ton père était chrétien, moi, son frère, je suis musulman. Ce sont des choix personnels, tu vois ! C'est assez simple.

En Indonésie, Barack Obama était plutôt inscrit dans une école catholique qu'on appelle Saint François d'Assise. Il fera une autre école, publique, c'est-à-dire qui appartient à l'Etat, quand sa famille va déménager dans un autre quartier de Djakarta. C'est dans cette nouvelle école qu'il a quelques heures de cours sur l'islam. Mais ce n'était pas une école coranique.

En 1970, sa maman a eu une fille avec son nouveau mari. Cette fille qui est donc sa demi-sœur vit encore et s'appelle Maya Kassandra Soetero- Ng. Te souviens-tu que je t'avais parlé de cette sœur indonésienne d'Obama ! Le film est beau, riche en couleurs et en mouvement !

Alors, tu vois donc qu'il a une sœur indonésienne mais aussi des demi-frères et sœur au Kenya, en Afrique. Il est donc l'enfant de plusieurs pays, plusieurs continents.

Tiens ! Albert, écoutes bien cette petite anecdote !

Avec plaisir tonton !

Tu sais, une institutrice qui lui a enseigné quand il était petit garçon en Indonésie, dans la petite école catholique vit encore. Elle vient de raconter qu'un jour, elle a demandé aux élèves de répondre sur papier à la question : Qu'est-ce que tu aimerais faire quand tu seras grand ?

Alors, lui, Barack ! Comment il a répondu ?
Ca va t'étonner ! Barack a répondu : Mon rêve est de devenir président

Incroyable ! Il était fou !
Ah ! Il n'est plus fou donc ! Il vient de réaliser son rêve !
Poursuivons notre joli voyage !
En 1971, la maman de Barack Obama décide de son retour aux Etats-Unis. Elle se soucie de sa réussite scolaire et préfère qu'il retourne dans son pays natal, l'Amérique, terre de tous les rêves et de tous les possibles.
A son retour, il retrouve ses grands parents adorables et vit sous leur bienveillante protection.

C'est-à-dire les parents de sa mère en Hawaï !
C'est exact ! Tu comprends facilement les choses malgré le changement de lieux et de noms des acteurs de ce film passionnant!
Il retrouve alors Hawaii, sa terre natale, poursuit ses études à l'école Puhanou de Honolulu.
La même année, son père, rentré au Kenya après ses études aux Etats-Unis, revient le voir à Hawaï.
Barack, en 1971, n'a que 10 ans. Il se souvient encore de cette dernière rencontre avec son père.

Pourquoi c'est la dernière rencontre avec son père ?
Parce que quelques années plu tard au Kenya, son père meurt dans un tragique accident de voiture. Ils ne se reverront donc plus.

C'est triste ! Il n'a pas bien connu son père.

C'est vrai. Ainsi est faite la vie ! Il y a toujours quelqu'un ou quelque chose qui nous manque. En chaque homme parlent des voix qui lui manquent. Comme celle de ton père, mon frère mort jeune, plein de rêves et de gaieté ! A l'époque, tu n'avais que 4 ans !

En 1979, c'est le début de ses études supérieures dans « l'Occidental College » à Los Angeles. Trois ans plu tard, en 1982, c'est l'accident de voiture mortel de son père au Kenya.

En 1983, avec le soutien de sa mère et surtout celui indispensable de ses grands-parents maternels, il poursuit ses études supérieures à la célèbre université Columbia de New York.

Deux ans plu tard, il travaillera à Chicago comme travailleur social, aidant les gens en situation difficile, et pendant trois ans.

L'année 1988 est très importante dans sa vie.

Pourquoi ?

C'est l'année où il découvre, pour la première fois, le Kenya, l'Afrique, la famille et la terre de son père, ses demi- frères et sœurs, sa grand-mère.

Son père était déjà mort, emporté par le terrible accident !

Avec émotion, il rencontre les siens, la grande famille africaine avec ses ramifications, ses demi-frères et sœurs, oncles, tantes, neveux, nièces et autre. Il découvre la vie du village, la pauvreté qu'il avait déjà vue à Chicago, au sein de la communauté noire. Barack Obama a désormais un autre regard sur le monde. Il sait d'où il vient du côté paternel. C'est un pèlerinage, une découverte, une rencontre humaine, une communion familiale.

Il est déjà un jeune homme courageux, curieux, ouvert d'esprit et surtout riche de son enfance hawaiienne et indonésienne, ses racines africaines sans oublier son expérience de la pratique des quartiers difficiles de Chicago.

Il est donc parti voir son papa et ses frères au Kenya?
Disons que Barack Obama est parti découvrir ses racines et ses frères. A ce premier voyage au Kenya, son papa était déjà mort et il le savait bien avant son voyage.

Ah ! C'est vrai ! J'avais oublié !
Comme je te l'ai déjà dit, Obama a, comme son père, une vie de voyage, de mouvement, en plusieurs lieux, plusieurs pays, plusieurs continents.

Est-ce que Lolo, l'indonésien, vit encore !
Lolo est mort à 51 ans, emporté par une maladie du foie. Après son retour à Hawaï, laissant sa maman en Indonésie, les choses n'iront pas bien entre la mère de Barack et Lolo. Leur mariage connaîtra des difficultés. Ils finiront par divorcer.
Sa mère retourne alors aux Etats-Unis mais malgré leur divorce, à la maladie de Lolo, elle l'aidera à venir se soigner à Los Angeles. Il a donc revu une dernière fois son beau-père avant sa mort.

Je veux en savoir sur les parents de la mère de Barack Obama !
Ses grands parents maternels s'appelaient Stanley pour le grand père et Madelyn Dunham, nom de sa grand-mère. Retiens- bien ces noms ! Barack Obama doit beaucoup à ces braves gens qui l'ont beaucoup aidé. Tu as compris qu'à son retour de l'Indonésie, ce sont les grands parents, Stanley et Madelyn Dunham, qui, en Hawaï, se sont chargés

de son éducation. Obama les aimait beaucoup. Ils sont morts ! Te souviens- tu du décès de la grand-mère, Madelyn Dunham, à la veille de l'élection d'Obama à la présidence des Etats-Unis ?

Oui, je m'en souviens bien. Ca été dur pour lui !
Il en a été affecté. Comme je te l'ai dit, les deux grands parents l'ont aussi beaucoup aimé. Le grand père était plus sévère avec lui mais ne le maltraitait pas. La grand-mère était plus tendre avec Obama. Tu as vu qu'il n'a pas hésité à interrompre sa campagne présidentielle pour aller voir sa grand- mère malade à Hawaï. A l'époque, on a parlé de coup politique, de calcul électoraliste pour montrer ses racines blanches et rassurer les électeurs blancs qui ont souvent peur de voir un Noir à la Maison blanche. Avec la mort de Toot, les gens ont compris qu'elle était vraiment malade. Cela montre encore l'amour d'Obama pour cette brave dame.

Pourquoi Toot ?
Ah, j'ai oublié de te dire qu'il avait des diminutifs pour ses grands-parents. Il aimait appeler Gramps son grand-père et Toot sa grand-mère. Gramps signifie grand'pa et toot viendrait de « tutu » qui veut dire mamie en hawaïen.
A propos de ses grands-parents, c'est assez simple. Les grands parents maternels, Gramps et Toot étaient blancs et américains.
Quant aux grands parents du côté paternel, Barack Hussein Oyango et Akumu, étaient noirs et kenyans.

Et Michelle, comment a t- elle rencontré Obama ?
Michelle est née à Chicago le 17 Janvier 1964, trois ans après la naissance de Barack Obama.

Contrairement à lui, les deux parents de Michelle sont noirs. Elle est une Afro–américaine, descendante d'anciens esclaves. On la dit plus marquée par les questions raciales que son mari. C'est normal ! Ils ont chacun leur histoire, leur vision de la société américaine.
Avocate de formation, Michelle LaVaughn Robinson et Obama se sont rencontrés pour la première fois, en 1988. Stagiaire venu de Harvard, Obama est confié à celle qui deviendra plu tard sa femme. Dans ce cabinet d'avocat de Chicago, Michelle est connue pour son goût du travail. Ambitieuse, organisée, elle a fait de bonnes études dans de grandes universités comme Obama. Après l'université de Princeton, elle entre à Harvard, décroche son diplôme.

Ah ! La même université que lui !
C'est exact ! La même université qu'Obama, que le père d'Obama aussi même s'ils n'ont pas été à Harvard la même année !
C'est en se côtoyant dans ce cabinet d'avocat qu'il finit par tomber amoureux d'elle. C'est donc lui qui va faire le premier pas.
On raconte que quand on a annoncé à Michelle qu'un stagiaire du nom de Barack Obama viendrait en stage au cabinet d'avocats, elle s'est demandé si ce n'était pas un type bizarre avec son nom étrange ! Michelle même témoigne s'être demandée quelle femme a pu donner un nom pareil à son enfant sans imaginer, un instant, que ce monsieur au nom bizarre sera, plu tard, son mari !
Il a essayé de séduire Michelle et elle a résisté, sûre d'elle et donnant sa priorité à sa carrière professionnelle plutôt qu'aux hommes mais Barack est un conquérant tenace. Antoine veut sa

Cléopâtre, Kennedy, sa Jacky ! Quel têtu cet Obama ! Il est patient, a de l'art et ne renonce pas. La résistance et la méfiance de Michelle vis-à-vis de ce beau parleur charmant et élégant seront brisées. Ils s'aimeront et se marieront en 1992.
Elle l'a beaucoup aidé à s'intégrer à Chicago, à constituer son réseau, à se faire des amis et des alliés surtout dans le milieu noir. Dans son livre « L'Audace d'espérer » qu'il a écrit, il dit d'elle qu'elle est intelligente, charmante et belle.
Michelle est une charmante femme connue pour son caractère entier. On dit qu'elle est une femme de caractère. Elle ne le nie pas mais conteste ceux qui disent d'elle qu'elle aime dicter sa loi à Obama, c'est à dire le dominer. Elle n'est pas d'accord avec ce jugement que l'on fait d'elle et se définit tout simplement comme une femme libre et exigeante.
Michelle l'a beaucoup aidé à Chicago, ville dont elle est native. Elle connaissait donc cette ville mieux que Barack Obama. Quand il a décidé de se lancer dans la politique à Chicago, Michelle lui a surtout permis d'ouvrir certaines grandes portes, celles des notabilités de la ville et aussi de la communauté noire.
Pendant la campagne, elle a donné des informations drôles, presque intimes sur Obama en famille, affirmant qu'il laisse traîner ses chaussettes, ronfle la nuit quand il dort mais aime sortir la poubelle, une manière de dire aux millions d'Américains que son mari est comme tout le monde, avec ses petits défauts. C'est bon pour son image. C'est de la réalité, presque de l'intimité d'un couple que les électeurs veulent bien connaître avant de faire leurs choix.
Au début, elle a beaucoup hésité avant de lui donner son feu vert pour se lancer dans la course

à la Maison blanche. Il faut dire que Michelle se soucie beaucoup de la réussite de sa vie de famille, de l'harmonie de son couple et surtout de l'éducation des enfants. Même pendant la campagne, elle a demandé et obtenu de lui qu'il consacre un peu de son temps à ses enfants.
On peut dire que les deux se complètent et se conseillent bien.
C'est un couple soudé, complice, moderne et ambitieux. Il vient de conquérir l'Amérique à travers la Maison blanche. Le plus important, c'est qu'ils s'aiment, se sont aidés, ont bâti leur couple et ont eu deux jolies filles.

Obama n'a donc fait que la politique dans sa vie !
Il a fait autre chose, bien sûr ! Il a été travailleur social, dans sa jeunesse, à Chicago de 1985 à 1988. Te souviens – tu du cabinet où il a rencontré Michelle ? A ce cabinet, il était stagiaire. Il a ensuite été avocat, puis professeur à l'université de Chicago. La politique lui a bien réussi depuis son élection au sénat de l'Illinois même s'il a échoué en 2000 en voulant devenir candidat de son parti pour un poste à la chambre des représentants.

Ah, bon !! Obama a perdu une fois!
Si ! Albert, je constate que cette information t'étonne beaucoup. En 2000, battu au sein de son parti, par un Noir, plus puissant que lui, à l'époque. Un ancien dirigeant des « black Panthers », un groupe dont nous parlerons plu tard.
Il est fort mais on ne gagne pas à tous les coups. Ronaldinho ne gagne pas tous les matchs.

C'est vrai ! Alors, il a combien d'enfants, Obama ?
Barack Obama a deux jolies filles. Malia Ann, née en 1998 et sa cadette, Natasha, née en 2001.
Malia, la première fille, a deux ans de moins que toi. Elle en a 10, toi, 12.

C'est qui Sasha ? J'ai aussi entendu parler d'elle !
C'est Natasha. On l'appelle couramment Sasha mais c'est Natasha son vrai nom.
Elles vont vivre avec leurs parents à la Maison blanche.

Un de mes potes d'école m'a dit, l'autre jour, que les enfants de Barack Obama vont désormais faire une école très chère. C'est vrai ?
Si ! Malia et Sasha viennent d'être inscrites à un célèbre collège privé réputé de Washington qui s'appelle Sidwell Friends.
Ah ! Chelsea Clinton, la fille de Bill et d'Hillary, a aussi fait ses études dans ce célèbre collège, fondé en 1883.
Certains ont reproché à Barack de ne pas avoir inscrit ses filles dans une école publique. Une manière de lui rappeler que ce sont les riches qui inscrivent leurs enfants dans une école privée aussi chère.
Mais avant de s'installer à la Maison blanche, Barack Obama et Michelle s'occupaient bien déjà de l'éducation de leurs deux filles.
Certes Sidwell Friends coûte cher mais je pense que c'est une bonne décision de sa part.

Pourquoi ?
Si j'en avais aussi les moyens, Albert, je t'inscrirais dans une école privée, même chère pourvu que je

sois sûr de la qualité de l'enseignement. Il y a certes des écoles publiques de qualité mais la recherche de la qualité fait partie de l'ambition.
Si l'on a la chance de pouvoir payer de bonnes études à ses enfants, on le fait. La bonne éducation est l'une des clés de la réussite. Le courage et la volonté ne suffisent pas souvent. Albert, les meilleurs diplômes ouvrent les meilleures portes ! Il faut donc bien travailler à l'école si tu ne veux pas demain passer ta vie à faire des boulots de manutention et de préparateur de commandes comme Philippe, ton grand frère qui a quitté très tôt l'école. Ce que Philippe fait, c'est du travail mais il y a mieux. Tu constates que lui-même ne cesse de se plaindre.
Barack et sa femme Michelle, ont, tous les deux, réussi à faire de bonnes études dans des universités célèbres. Cela les a beaucoup aidés à avoir de bons boulots bien payés et d'avoir les moyens pour éduquer leurs enfants. Ils ont dû en tirer des leçons. Je pense que sans ces bonnes études, Barack ne serait pas aujourd'hui à la Maison blanche.

Ah !! Ils ont de la chance, les enfants d'Obama !

C'est vrai mais la chance se crée aussi. Avant la chance, il faut d'abord bien travailler. Si Malia et sa sœur cadette Sasha ne saisissent pas bien cette chance, elle ne leur servira guère mieux. Une chose est d'avoir de la chance, une autre est de bien travailler pour qu'elle serve à quelque chose. C'est pourquoi, je ne badine pas avec tes études. C'est mon devoir en tant que tonton de t'aider à réussir. Heureusement que toi, tu es exemplaire à l'école. Tu y travailles bien. Comme Obama quand il était encore à l'école. Tu n'es pas comme Alice.

Elle a la chance d'être ici, avec ses parents, d'avoir presque tout ce qu'elle demande. Dans certains pays, des enfants, plus braves que vous, font, chaque jour, des kilomètres à pied pour aller à l'école, marchant souvent sans chaussures !
Je te donne cet exemple pour que tu comprennes que la vie n'est pas facile, que rien ne se donne, que tout se mérite. C'est pourquoi Obama est aujourd'hui l'homme le plus puissant du monde, le Président des Etats-Unis, la première puissance mondiale.
Revenons à notre sujet ! Qu'est ce que tu voulais savoir en plus sur Obama ?

Pourquoi les médias l'ont- ils traité de musulman !
Ce n'est pas seulement les médias ! C'est d'ailleurs les Républicains, ses adversaires politiques, qui ont diffusé ces informations afin que les électeurs américains aient peur de lui.
Ce n'est pas parce qu'on a une partie de sa famille qui est musulmane ou chrétienne qu'on est aussi musulman ou chrétien. La religion, c'est aussi une affaire personnelle. Tu as vu que Colin Powell a bien eu raison de dire que ce n'est pas un crime d'être musulman aux Etats-Unis, un pays qui garantit la liberté de culte.

C'est quoi la liberté de culte ?
C'est le droit pour chaque homme de pratiquer, en toute liberté, la religion de son choix à condition de respecter le choix des autres. Tu vois que tout ça est simple et pas du tout compliqué. Colin Powell a eu raison d'insister là-dessus.

C'est qui Colin Powell ?

Colin Powell est un brillant militaire, un officier respecté, un homme noir important, américain d'origine jamaïcaine. Il a occupé des postes importants tant dans l'armée qu'en politique. Il a été secrétaire d'Etat des Etats- Unis, l'équivalent du ministre des affaires étrangères ici en France. Nous reparlerons de lui, un peu plus loin.

Obama n'est pas musulman et comme tu l'as bien dit, ce n'est pas un crime ou une honte d'être musulman. J'ai des copains musulmans comme Farid, Malik ou Moussa et nous sommes bons copains. Tonton, toi-même es musulman !
J'ai bien compris. Mais, pourquoi on dit qu'il est noir alors qu'il est métis ?
Tu as raison. Je me souviens que je t'avais promis de donner des précisions sur les Métis aux Etats-Unis. Alors, Il ne fait aucun doute qu'Obama est métis ou biracial, voire multiculturel comme on dit aux Etats-Unis mais il est aussi noir.

Tonton, je ne suis pas d'accord ! En tant que métis, s'il est considéré comme Noir, on peut aussi dire que Barack Obama est blanc.
Tu n'as peut-être pas tort, Albert mais ça c'est un peu compliqué. Ce qui est ici essentiel, c'est de comprendre que Barack Obama lui-même se considère comme Noir. Ce qui est normal aux Etats-Unis. C'est son droit, c'est sa liberté, surtout encore que son papa est noir. Il y a une autre raison.

Laquelle ? Tu peux me le dire ?
Disons qu'aux Etats-Unis, il y avait une loi ségrégationniste, raciste qui disait que si vous avez une goutte de sang noir dans votre sang,

vous ne pouvez pas être considéré comme Blanc. C'est raciste, puritain et dangereux. Il faut aussi dire qu'aux Etats-Unis, le métissage existe mais n'est pas assez pris en compte. C'est un refus du mélange comme si un mur séparait les races. Je pense qu'actuellement, les Métis sont libres de choisir leur catégorie raciale dans des enquêtes spécifiques ou démographiques.

Obama a honte d'être blanc ?

Pas du tout ! Seulement, il n'est pas blanc. L'histoire de la société américaine, le regard que les Blancs avaient des métis, aussi considérés et traités comme Noirs, la discrimination dont ils étaient aussi victimes font qu'ils se penchaient plus du côté des Noirs. Tu comprends qu'ils (Métis et Noirs) étaient traités le plus souvent de la même manière, discriminés et rejetés. Je dois aussi te dire qu'Obama n'a jamais eu honte de revendiquer ses racines blanches.

Est-ce vrai que les Noirs sont maudits?

Albert, les Noirs ne sont pas maudits. Tu n'es pas maudit, moi non plus. Aucune race n'est maudite ou bénie.

Saches d'ailleurs que la science ne reconnaît pas la notion de race. Scientifiquement la race n'existe pas. Elle n'existe donc que dans le regard et la tête des gens. La couleur de la peau, c'est juste une question de mélamine. Un Noir peut avoir le même groupe sanguin qu'un Jaune ou un Blanc. Tous égaux ! Albert, c'est ce qui compte, tu sais !

Il n y'a ni peuple béni ni peuple maudit. En tout peuple, tu trouves des raisons d'inquiétudes et d'espérances. Les peuples sont comme des arbres. Ils naissent, s'arrosent, grandissent, fleurissent et font des fruits.

Toujours tels des arbres, les fruits peuvent être souvent pourris, certains sans ver. Même quand ils fanent ou sont coupés, les arbres peuvent renaître. C'est ce qu'on appelle les boutures, les bourgeons d'arbres qui poussent à nouveau. C'est ce qu'on appelle la renaissance. On peut dire que la Chine renaît et redevient une grande puissance.
Les Noirs ont connu des moments de gloire, de grands empires comme en Egypte et ses pyramides, le Méroé, l'Abyssinie dans la région de l'actuelle Ethiopie, l'empire du Ghana, du Mali et tant d'autres.
Te souviens-tu de ce que j'avais dit de l'Angleterre, qui, il y a un peu plus d'un siècle, plus précisément au 19ème siècle, était la première puissance du monde.

Ah, oui ! Les Anglais ont été premiers comme les Américains aujourd'hui.
La grande Bretagne était à l'époque la première puissance industrielle, tirée par la révolution du charbon.
Le 20ème siècle a été dominé par la puissance américaine et l'on annonce la Chine dans environ 25 à 30 ans comme première puissance économique du monde. Ce sont des cycles, chaque peuple a son temps, son tour.

Oui ! Ca peut changer. Mon maître à l'école aime dire que le dernier peut devenir le premier à condition de bien travailler.
Il a bien raison, ton maître. L'élection d'Obama prouve bien qu'il faut plutôt espérer de chaque homme et de chaque peuple. Les arbres, mêmes coupés, reverdissent, poussent des boutures. L'essentiel, c'est de se battre.

Tu dois comprendre que personne, ici bas, n'est maudit. Il y a certes des pauvres, des faibles, des vaincus par moment de l'Histoire humaine mais autant il n'y a pas d'homme maudit autant il y a pas de peuple maudit. L'histoire est un rapport de forces et il arrive que les forts du jour, les puissants du moment, l'écrivent en leur faveur.

Expliques-moi, tonton !

Les sciences comme l'archéologie, la paléontologie, l'histoire ont démontré, avec des preuves scientifiques, que le premier homme était noir et qu'il venait de l'Afrique. Pendant longtemps, le continent africain a été le cœur de l'humanité et de la civilisation.

Narmer, pharaon certainement noir, régnait sur l'Egypte, 3200 ans avant notre ère. Depuis, l'Egypte a beaucoup apporté à l'humanité par l'éclat et la richesse de sa civilisation. Certains pensent que parler de cette histoire ancienne n'a pas de sens. Ils oublient que toutes les grandes puissances d'aujourd'hui valorisent et glorifient leur passé héroïque, l'enseignent, diffusent leur histoire et certains chercheurs occidentaux vont jusqu'à falsifier l'histoire de l'Egypte et refuser qu'elle est, en grande partie, l'œuvre de rois, savants et architectes noirs, Africains.

Sur le plan scientifique, l'Egypte fut un berceau fertile. Ainsi les philosophes et chercheurs grecs sont allés s'abreuver aux sources égyptiennes et ce sont eux-mêmes qui l'écrivent. Platon, un grand philosophe grec, c'est-à-dire un savant qui connaissait beaucoup de choses à l'époque, a étudié en Egypte et a témoigné sur les apports immenses de l'Egypte à la Grèce, donc à l'Europe.

Sur un plan religieux, il est aussi établi aujourd'hui que les grandes religions (le judaïsme, le

christianisme et l'islam) doivent beaucoup au Dieu égyptien.
Je ne vais pas trop t'en dire sur l'Egypte mais tu dois comprendre que les pyramides sont, en grande partie, l'œuvre d'architectes et de rois noirs qu'on appelait pharaons.
Quant à l'idée d'une malédiction du Noir, c'est un mythe qui nous vient d'une certaine lecture de la bible. Dans la Bible et plus précisément dans la partie qu'on appelle la Genèse, il est écrit que le prophète Noé a maudit Canaan, fils de Cham, qui a vu la nudité de son père, Noé, et l'a racontée à ses frères qui firent le contraire en couvrant la nudité de leur père sans la regarder.

Et qu'est-ce que Noé a dit du fils de Cham ?
Selon la Bible, Noé a maudit Canaan, le fils de Cham, en souhaitant qu'il soit l'esclave des enfants des autres frères de Cham. La Bible ne dit rien pourtant sur la couleur de peau de Noé ou de Cham !

Noé est injuste ! Pourquoi Canaan, le fils qui n'a rien fait, est maudit et non son père Cham qui a regardé sa nudité?
Très belle question, Albert ! D'abord, saches que beaucoup de choses dites dans la bible sont aujourd'hui contredites par des chercheurs, des archéologues comme Israël Finkelstein qui est lui-même israélien.
A supposer que cette malédiction fût avéré, la bible ne dit pas que Cham était noir et les chercheurs sont aujourd'hui d'accord sur un autre fait.

C'est quoi ! Dis-moi !
Le pays qu'on cite dans la bible comme « le pays de Canaan », c'est-à-dire la terre du petit-fils

maudit de Noé, ne correspond pas à l'Afrique mais à la partie actuelle du monde occupée par des pays tels la Syrie, le Liban, Israël mais aussi la Jordanie.

Pourquoi on parle alors des Noirs comme maudits alors que la bible ne parle même pas d'eux ?

Bonne question ! C'est là tout le sens de l'explication. C'est simple. Écoute ! On a fait dire par la Bible ce qu'elle ne dit pas. Ceux qui avaient intérêt à justifier l'esclavage plu tard, dans la tradition judéo-chrétienne, c'est-à-dire chez les Juifs et les Chrétiens, ont ajouté que les Noirs sont les descendants de Canaan, fils de Cham, maudit à être esclave, que c'est donc normal que les Noirs soient des esclaves maudits pour traverser des mers et venir travailler de force dans les champs, surtout aux Etats-Unis.

Tu constates que c'était facile à faire accepter par les gens en disant que Dieu, à travers la Bible, a maudit la descendance de Canaan à être esclaves alors que les Noirs ne descendent même pas de Canaan.

C'est donc un mensonge, une arnaque ?

Albert, c'est plus que tout ça ! Cela a fait tellement de mal aux Noirs, causé tellement de crimes comme la traite négrière avec tout le lot de racisme derrière !

Certains racistes prennent cela pour justifier tous les malheurs qui ont accablé le peuple noir ou l'Afrique.

Pourquoi il n' y a pas eu de président noir aux Etats-Unis avant Barack Obama?

Intéressante question !

Ce n'est pas faute d'avoir essayé. En effet, avant Barack Obama, des Afro-américains ont tenté la course à la Maison Blanche. Le plus connu d'entre eux est le pasteur Jesse Jackson qui tenta en 1984. Mais c'est en 1988 qu'il a eu plus de succès en remportant 13 primaires et caucus avec plus de 6 millions de voix sur son nom. Il y a aussi Al Sharpton, Alan Keyes sans oublier une dame, Shirley Chisholm qui s'est présentée à l'investiture démocrate en 1972.

Toutes ces candidatures précédentes ont aussi eu un impact sur l'opinion américaine, l'ont rendue plus réceptive aux candidatures issues des minorités. La lutte des Noirs pour leurs droits et leur dignité est une longue marche. L'élection d'Obama est la consécration du travail et de la lutte de ces prédécesseurs.

L'effet Obama l'a réduite dans l'ombre mais Cynthia McKinney, une femme noire, était, elle aussi, candidate, en 2008. Elle était la candidate du parti des Verts américains. On a moins parlé d'elle parce qu'aux Etats-Unis, seuls les candidats des deux grands partis, démocrate et républicain, ont la chance d'être médiatisés et d'entrer à la Maison blanche.

Comment Barack Obama a-t-il réussi à faire de bonnes études ?

Il y a plusieurs raisons à cela. On peut d'abord citer le fait qu'Obama a eu la chance d'avoir des parents intellectuels qui ont fait des études supérieures. Son papa, comme nous l'avons vu, a fait aussi Harvard même s'il ne s'est presque pas occupé de l'éducation d'Obama en raison de son retour au Kenya. Sa maman avait un doctorat en Anthropologie et n'a pas badiné avec l'éducation de son fils.

Les grands parents maternels d'Obama l'ont aussi beaucoup aidé à réussir ses études. C'est d'ailleurs pour sa réussite scolaire que sa maman a préféré qu'il retourne aux Etats-Unis plutôt que de rester en Indonésie. Même si elle a eu une vie un peu nomade, très ouverte sur le monde, sa maman a toujours fait de son éducation une priorité.
Il ya aussi une autre raison pour expliquer ses brillantes études. C'est l'Affirmative Action, la discrimination positive comme on l'appelle en France, en faveur des Noirs. Obama lui- même a reconnu que sans elle, il n'aurait pas pu connaître cette extraordinaire montée dans l'échelle sociale.

C'est quoi l'Affirmative action ?

C'est la volonté, l'effort que fait le gouvernement, l'Etat pour prendre au sérieux et à en faire une priorité la question de l'égalité réelle dans la société. Il y a évidemment des mesures concrètes qui sont prises pour traduire en réalité cette volonté publique. Aux Etats-Unis, des présidents comme John Kennedy et surtout Johnson ont joué un grand rôle dans la mise en place de cette politique en faveur des minorités qui étaient victimes d'injustices sociales, de retard sur les autres en matière d'éducation, d'emploi et de représentation.
En raison de leur histoire et son lot de souffrances et d'injustices, les Noirs américains, pour la plupart des descendants d'esclaves, étaient discriminés. Ce qui les handicapait sérieusement en matière d'éducation, de travail, de carrière tant dans l'administration publique que dans le privé. C'est ainsi que la loi du 2 Juillet 1964, relative aux droits civiques, reconnaît les discriminations liées à la

race sans en faire le seul élément à prendre en compte.

Qu'est ce que ça a changé dans la situation des Noirs ?

Disons que ça a accéléré les choses en matière d'égalité et de justice sociale.

Cette manière courageuse de reconnaître des réalités choquantes a contribué à mettre une politique en faveur de l'égalité des droits qui passe par une aide différenciée en faveur de ceux qui sont victimes de discriminations. C'est grâce à cette politique qui donne aux Noirs leur chance de faire de bonnes études, d'accéder à des universités prestigieuses, d'être recrutés ou nommés à des postes qui leur étaient refusés que beaucoup d'Afro-américains ont pu bénéficier d'une bonne formation.

L'Affirmative Action n'exclut pas le mérite, le travail et l'effort. Au contraire, elle consacre l'effort de ceux qui veulent réussir. Barack Obama reconnaît en être un produit. Ce qui n'exclut nullement ses efforts et son mérite.

Ne perds pas de vue qu'il s'est battu avec brio : 1er Etudiant noir à diriger la revue juridique de l'Université de Harvard, seul Noir, mais pas le premier, à siéger au congrès des Etats-Unis, depuis le 4 Janvier 2005 et depuis le 4 Novembre, 1er président noir des Etats-Unis. Ces rangs prouvent bien qu'Obama est, en partie, le fruit du travail et du mérite.

Pourquoi les Blancs et les Noirs ne s'aiment-ils pas aux Etats-Unis ?

Certes aux Etats-Unis comme ailleurs, en France, en Angleterre ou en Afrique du Sud, il y a le racisme. Il y a des Noirs racistes et des Blancs racistes. Il y a néanmoins beaucoup d'efforts faits par les non racistes et souvent par les Etats, les gouvernements pour lutter contre le racisme. On ne peut pas dire, de manière absolue, que les Blancs et les Noirs ne s'aiment pas aux Etats-Unis. Il y a certes eu l'esclavage, les sévices, les lynchages, les assassinats de Noirs, la ségrégation mais même au temps de l'esclavage, des blancs étaient farouchement opposés à ce crime contre l'humanité. Un grand président américain, Abraham Lincoln, était anti-esclavagiste, c'est-à-dire contre l'esclavage, et a milité pour son abolition. Des racistes l'ont même assassiné plu tard.

Le sud des Etats-Unis fut plus esclavagiste et plus raciste que le Nord du pays.

Presque chaque Américain noir a été un jour victime ou témoin du racisme, des discriminations. Ils peuvent être visibles, flagrants ou sournois, c'est-à-dire feutrés, subtils. Je vais te raconter quelques histoires vraies qui se sont bien passées, des mésaventures vécues par lui ou ses proches.

Obama, lui-même, raconte que dans sa jeunesse, quand il faisait signe à certains chauffeurs de taxi, certains, par leurs attitudes, voire leurs méfiances, le traitaient comme Noir. Même s'il assume sa couleur de peau, cela démontre qu'être Noir signifie, aux yeux d'un raciste, qu'on n'est pas comme les autres, c'est-à-dire comme les Blancs.

Ah bon !

Il raconte aussi cette histoire d'un monsieur qui lui a demandé pourquoi il ne changerait pas de nom pour avoir plus de chance dans la politique aux Etats-Unis. Pour ce monsieur, le nom Barack Obama sera un handicap pour sa carrière politique.

Le 11 Septembre 2001, l'évènement où tu as vu, comme tout le monde, les tours géantes de New York s'écrouler, attaquées par des avions détournés par des terroristes, venait d'avoir lieu. Ce monsieur trouvait que le nom d'OBAMA ressemblait fort à celui d'OSSAMA, c'est-à-dire OSSAMA Ben Laden. Non seulement les deux noms sont musulmans et celui d'OBAMA pouvait être assimilé à celui des terroristes islamistes.
Tu connais la suite. Il vient d'être élu sans avoir changé de nom mais pendant la campagne, les Républicains, ses adversaires, ont assez insisté sur son nom complet, Barack Hussein Obama, pour montrer la ressemblance avec le nom de Saddam Hussein et surtout rappeler sa consonance musulmane.
Dans son livre que lui-même a écrit en 1995 sur sa vie, sa famille, Obama raconte cette autre histoire arrivée à son père. Alors, celui-là, son père, buvait un jour aux Etats-Unis avec ses beaux parents, c'est-à-dire les parents de la mère d'Obama dans un bar. Soudain, un monsieur blanc a élevé sa voix pour interpeller le propriétaire du bar, s'indignant, se plaignant donc pourquoi, lui, le Blanc, était obligé de boire avec un nègre dans le même bar.

C'était méchant !
C'était plus que méchant ! C'est ignoble et honteux !

Alors comment a réagi le père d'Obama ? Il a quitté le bar ou il a tapé ce blanc raciste ? Peut être que les autres blancs l'ont chassé du bar ?
Rien de tout cela. Au contraire ! N'oublie pas qu'il était accompagné de Blancs, ses beaux parents, les parents de sa bien- aimée, la mère d'Obama.

Ce qui prouve bien que tous les Blancs, à l'époque comme maintenant d'ailleurs, ne sont pas racistes. Le père d'Obama, Barack Obama senior, s'est courageusement approché de ce monsieur raciste, lui a fait une bonne leçon sur la tolérance, la fraternité et montrer que tous les hommes étaient pareils, avec le même sang qui coule dans leurs veines. Le monsieur était finalement gêné, a eu honte, a regretté ses mots méchants et racistes et a même fini par offrir un billet de 100 dollars au père d'Obama. C'est te dire combien il fut courageux et sage tout en répliquant avec sang-froid.

Michelle la femme d'Obama, a, elle aussi, été victime du racisme. Quand elle était encore étudiante, elle partageait, un moment, sa chambre d'université avec une camarade blanche. Et quand la mère de cette étudiante blanche lui a rendu visite et a constaté, surprise et énervée, que sa fille partageait la chambre avec une Noire, elle est allée se plaindre auprès de la direction de l'université pour qu'on sépare sa fille de Michelle, devenue plu tard la femme de Barack Obama. On a fini effectivement par les séparer quelques temps plu tard.

Je te raconte cette autre histoire...

Dis-moi, tout ça est vrai ?

Bien sûr ! C'est Obama, lui- même, qui témoigne ainsi dans son livre, comme je te l'ai dit. N'oublie pas qu'il y a eu pire. Les Noirs ont vécu pires aventures. Certains ont é été chassés de certains lieux qu'ils n'avaient pas le droit de fréquenter.

Certaines études montrent que certains Blancs américains pensent que les afro- Américains sont violents, paresseux et certains vont jusqu'à douter de leur intelligence.

C'est ce qu'on appelle les préjugés raciaux. Revenons donc à cette autre histoire dont parle Obama dans son livre !

Avec plaisir, tonton !
Sa grand–mère Toot dont on a déjà parlée…

La mère de la mère d'Obama !
C'est bien elle. Elle travaillait donc dans une banque aux Etats-Unis. Elle y a fait la connaissance d'un monsieur, un Noir qui avait fait la seconde guerre mondiale pour les Etats-Unis. Ce Noir s'occupait de l'entretien de la banque, c'est-à-dire du nettoyage.
La grande mère d'Obama l'appelait Monsieur Reed. C'est alors qu'un jour, une secrétaire de la banque a sèchement interpellé Toot, lui demandant de ne jamais appeler un nègre avec la marque de considération et de respect, c'est-à-dire avec la mention Monsieur. Elle ne comprenait pas pourquoi Toot pouvait-elle appeler un nègre avec la marque du respect, c'est-à-dire qu'on ne doit pas dire monsieur à un nègre. Dire Monsieur à quelqu'un, c'est le respecter et le nègre ne mérite pas d'être respecté.
Présent et vexé, Monsieur Reed alla pleurer dans un coin. Quand on le surprit en train de pleurer, il demanda ce que les Noirs avaient fait pour être traités si méchamment ?
Toot a néanmoins continué à l'appeler Monsieur Reed.
Quant à la mère d'Obama, à 12 ans, elle a vécu une histoire de racisme. Un jour, couchée à côté d'une camarade noire, les deux feuilletant ensemble un livre, d'autres enfants blancs leur jetèrent des cailloux, traitant la mère d'Obama de sale Yankee, c'est à dire sale Américaine blanche

amoureuse des nègres parce qu'elle était juste en train de jouer avec une fille noire.
Comme un signe du destin, elle, blessée par cette scène, se mariera plu tard avec un Noir, le père d'Obama. Histoire de vivre sa liberté, celle de son cœur, son droit d'aimer qui elle veut.
Ces histoires de racisme, ces faits choquants faisaient partie, à l'époque, du quotidien des Américains noirs. Beaucoup d'Américains noirs se reconnaissent dans ces faits graves racontés par Obama.
Son élection prouve que ce pays a fait beaucoup de progrès. Les murs sont en train de tomber. Ils existent néanmoins toujours. Le racisme sévit encore dans certaines têtes, certaines parties des Etats-Unis comme ailleurs dans le monde.

Quand est-ce qu'Obama a vraiment décidé d'être candidat ?

Question pertinente en ce sens que c'est une date tampon. En effet, c'est le 10 Février 2007 à Springfield, dans l'Etat de l'Illinois, que Barack Obama a décidé de se lancer dans la course à l'investiture de son parti. Pour affronter le camp républicain et gagner la Maison blanche, il faut être investi par un grand parti. Albert, cette étape est indispensable. C'est la période des primaires où chaque camp choisit son leader après une rude bataille entre différents candidats.
Obama sait que le chemin va être long et le travail difficile, lui, le candidat noir, sans gros moyens financiers, à l'époque, sans grand réseaux parmi les barons et les grands hommes à l'instar d'Hillary au carnet d'adresses riche, aidée par son mari, l'ancien président Bill Clinton ! Mais Obama a la maladie de l'espoir. Il affiche une confiance tenace

en lui-même. Une qualité que son père avait également.
Voici ce qu'il déclare dans son discours historique de déclaration de candidature ce 10 Février 2007 : « Je suis aujourd'hui devant vous pour annoncer que je suis candidat à la présidence des Etats-Unis [...] Au fil du temps, à chaque époque, une nouvelle génération s'est levée pour faire ce qui devait être fait. C'est à quoi nous sommes aujourd'hui appelés une fois encore et le temps est venu pour notre génération de répondre à cet appel. »
Il a cette particularité de rassurer et de convaincre ceux qui l'écoutent. C'est un bel orateur. Je ne doute pas que dans l'immense foule qui l'écoute ce jour, ils sont nombreux ceux qui pensent que ce jeune charismatique prendra juste date avec l'histoire, c'est-à-dire vient pour gagner quelques Etats dans les primaires démocrates comme l'avait fait, avant lui, le révérend Jesse Jackson, ce militant noir des droits de l'homme, avant de se retirer vaincu. Obama ira plus loin que Jesse Jackson, aussi respecté et connu, compagnon de lutte de Martin Luther King !
Objectif : Maison blanche !

Pourquoi il a gagné sur Hillary Clinton alors qu'elle était très forte ?

Tu as peut-être raison. Au départ, Hillary était donnée largement favorite dans le camp démocrate, le camp d'Obama. A juste titre d'ailleurs. Elle est une femme intelligente, expérimentée avec un mari, Bill Clinton, ancien président encore populaire aux Etats-Unis. Tout cela constituait donc des atouts importants pour elle. Même si certains disaient que son handicap était d'être une femme dans un pays avec

beaucoup de conservateurs qui assignent la femme à la maison, au foyer, elle était blanche et avait, comme je te l'ai déjà dit, été first lady, c'est-à-dire première dame ou si tu veux encore, la femme du président Bill Clinton.
Une autre raison qui donnait Hillary gagnante, c'était les sondages qui la plaçaient largement en tête.

C'est quoi les sondages ?
Ce sont des estimations. Ceux qui réalisent les sondages interrogent une partie représentative de la population soit par téléphone, par Internet ou sur le terrain pour prendre leur avis sur tel sujet, telle décision ou tel homme politique. Ca permet d'avoir, de mesurer les avis, les points de vue des gens sur ces questions ou ces hommes.
Par exemple, l'on peut poser la question aux personnes interrogées : de toutes ces personnalités socialistes, Ségolène Royal, Dominique Strauss Khan, Bertrand Delanoë, Martine Aubry, François Hollande, qui vous semble le meilleur candidat du parti socialiste aux présidentielles de 2012 ?
Pour le résultat de ce sondage, l'ordre d'arrivée de ces personnalités, donc leur classement, sera en fonction des réponses favorables pour chaque nom.
Les sondages sont donc des instruments, des outils de mesure.

C'est quoi représentative ?
Cela signifie que pour les sondages, on ne peut pas choisir les personnes à sonder, dont l'ensemble s'appelle l'échantillon, dans une seule région si le sondage est national comme l'on ne peut pas uniquement choisir les femmes si le

résultat du sondage concerne toute la population. L'échantillon, c'est-à-dire le groupe de gens qu'on interrogera, comportera à la fois des femmes, des hommes, des jeunes, des vieux, des gens des villes et des gens qui vivent en milieu rural.

J'ai bien compris. Mais pourquoi ils se sont trompés ?

On ne peut pas affirmer cela. Les sondages évoluent et ce n'est pas parce qu'ils te donnent gagnant au mois de Janvier que tu dois gagner forcément en Novembre. Les avis des gens évoluent, changent, les sondages aussi en fonction.

Les erreurs ou le savoir-faire des candidats influencent l'opinion, les électeurs. Alors, les nouveaux sondages en tiennent le plus souvent compte.

Pour le cas de Jean Marie Le Pen en France en 2002, ce n'était pas la faute des sondages mais plutôt aux personnes sondées qui n'ont pas voulu dire la vérité aux sondeurs. Peut-être se sont-elles gênées de dire qu'elles voteront pour un candidat souvent soupçonné de xénophobie ?

C'est vrai ! Y a t-il d'autres raisons qui expliquent sa victoire sur Hillary ?

Je parlais tout à l'heure du changement des sondages. Ca montre qu'Hillary a pu faire des erreurs dans sa campagne ou Obama qui a réussi à convaincre, à rassurer. C'est comme une guerre et à la guerre, il y a des erreurs qui coûtent cher comme des astuces qui peuvent bien payer. Obama a été aussi modeste et humble. C'est aussi pour cela qu'il a surpris plus d'un. Il a pris, comme on le dit, de court, Hillary et beaucoup d'autres. Quand ils ont pris toute la mesure du danger qu'il constituait contre eux, c'était trop tard pour l'arrêter. Obama est parti en challengeur pour arriver en vainqueur inattendu.

C'est-à-dire ?

Le challengeur, c'est celui qui n'est pas le favori mais qui veut et peut le battre, le vaincre. Il peut arriver premier en réussissant son pari ou deuxième.

On parle de beaucoup d'argent qu'Obama a eu pour sa campagne. Il est donc très riche ?

Au contraire, Obama vient d'un milieu modeste. Il n'est pas né, comme on dit, avec une cuillère en or dans la bouche. Comme lui-même l'a dit, c'est sa grand-mère maternelle qui s'est privée de beaucoup de choses, pour financer ses études.

Malgré ses brillantes études à Harvard, son travail comme avocat et son entrée en politique, Barack Obama n'était pas encore riche.

Il n'y a pas si longtemps qu'il a fini de rembourser ses dettes qui ont servi à payer ses études. C'est avec la publication de ses livres qu'Obama a gagné de l'argent.

On peut maintenant dire qu'il est riche en raison des droits d'auteur de ses deux livres. Quand on est millionnaire en dollars, on peut être considéré comme riche. Obama et sa femme, Michelle, ont déclaré en 2007 des revenus de 4,2 millions de dollars, dont l'essentiel vient des revenus des deux publications qui continuent encore à bien se vendre.

Quant au financement de sa campagne, c'est vrai qu'il a mobilisé beaucoup d'argent grâce à son immense réseau de petits donateurs qui n'ont eu de cesse de répondre à ses sollicitations tout le long de la campagne. Il est parvenu à mobiliser

641 millions de dollars, un record. Avant lui, jamais, un candidat à la présidence n'avait réussi un tel exploit. Cette somme avoisine presque les 650 millions de dollars réunis en 2004 par George Bush et John Kerry pour leurs campagnes. C'est dire que pris individuellement, Bush et Kerry sont, chacun, loin d'Obama.
Sa campagne a été perçue comme une campagne de riche, ce qui n'est pas faux.

Pourquoi tous ces gens lui ont fait confiance pour lui donner autant d'argent ?
Il faut dire qu'Obama a eu une communication efficace. Il s'est présenté comme le candidat du renouveau, en rupture avec la politique désastreuse de Bush. Il a priorisé l'espoir, le changement, la réhabilitation du mythe d'un nouveau départ. Certes Obama n'a pas suffisamment d'expérience, mais il a promis de faire du pouvoir l'instrument de changer les vies, les destins, la situation des Etats-Unis.
Un autre fait me semble important pour attirer les donateurs. C'est la victoire historique dans l'Iowa où il est arrivé en tête du camp démocrate. Ca rassure, suscite des espoirs et crédibilise sa candidature. De victoire en victoire jusqu'à l'investiture de Denver lors de la convention, le nombre de donateurs au profit de sa campagne n'a cessé de s'accroître.

J'ai bien compris ! Mais l'argent a aussi compté ?
Bien sûr ! Obama a mobilisé plus de fonds qu'Hillary. Tout cela compte beaucoup. Je crois que son équipe de campagne est restée aussi mieux organisée. Hillary s'est séparée, un moment, de certaines personnes de son équipe

qui semblait moins soudée. Cela déstabilise, tu sais ? Face à la montée de Barack Obama, Hillary a montré, par moments, des signes de nervosité, de panique. C'est ce qu'on appelle la pression d'une campagne. Elle n'est jamais facile.

Pourquoi il a choisi Joe Biden comme colistier ?

Joe Biden a été choisi le 23 Août 2008 par Obama pour être son colistier et devenir son vice-président s'il entrait à la Maison blanche. Joe Biden était candidat, comme Obama, à l'investiture du parti démocrate.

Ah bon ! Le même !

Si ! Il s'est retiré de la course après avoir compris qu'il ne pouvait plus gagner. Il avait même douté de l'expérience d'Obama, en sa capacité à diriger le pays. C'était son droit de critiquer Obama. C'est la démocratie. Son choix par Obama semble dire qu'Obama l'invite donc avec sa grande expérience à venir l'aider. Les deux se complètent : le jeune et le vieux, le peu expérimenté et le très expérimenté, le Noir et le Blanc, le grand diplômé, proche des élites et l'élu modeste proche des ouvriers et des électeurs. Ce fut un choix lucide, judicieux, bien vu comme on dit.

Joe Biden est un monsieur qui fait de la politique depuis longtemps. Il est né le 20 Novembre 1942 à Scranton, dans un état des Etats-Unis qu'on appelle la Pennsylvanie. Il vient d'être élu comme vice-président des Etats-Unis le même jour que Barack Obama.

Obama l'a choisi pour deux raisons essentielles. D'abord, il a une grande expérience et une connaissance dense des relations internationales. Sénateur élu dans l'état du Delaware depuis 1973.

Il était le président de la commission des affaires étrangères du Sénat des Etats-Unis depuis 2007.
Il l'aidera donc valablement sur ces questions. Obama a été critiqué pour son inexpérience sur les questions de sécurité et les affaires internationales. Le choix de Joe Biden est donc bien calculé.
La seconde raison de son choix, ce sont ses racines modestes. Il devait attirer l'électorat ouvrier, rural. Obama était considéré comme un citadin, un homme des villes, des intellectuels. C'est ce qu'on appelle un candidat élitiste, loin de l'Amérique profonde des gens modestes. Son colistier Biden ressemblait plus à ces gens-là, à cet électorat.
Joe Biden, pendant plus de trente ans, prend le train chaque jour dans sa ville pour venir travailler à Washington. Cela plait à beaucoup d'Américains qui ont jugé cela comme étant la preuve de sa simplicité et de sa proximité avec les citoyens pauvres ou ordinaires.

On dit qu'Obama n'est pas assez fort dans les débats alors qu'il parle et communique bien, je ne comprends pas bien ?
Ah, je te voir venir ! Albert, il y a une différence entre bien parler devant une foule et savoir débattre face à un adversaire.
Il faut dire que face à Hillary comme face à McCain, Obama s'est bien illustré dans les débats à la télévision ou devant un public. Il a néanmoins montré une certaine gêne, moins décontracté que quand il galvanise les foules, libre de ses mots.
La communication est plus compliquée. Elle demande beaucoup plus d'astuces, d'intelligence, de la prudence, de l'intuition. Il avait les meilleurs conseillers. Il a donc bien communiqué.

Quant au débat face à un adversaire, ce n'est pas facile. Il faut s'adapter à ses arguments, changer souvent sa propre stratégie, ne pas montrer un visage gêné et peiné aux téléspectateurs, dire les bons mots et les bonnes idées qu'on a préparés pour mieux convaincre et rassurer.
Toi qui n'aimes pas assez la politique, je me souviens que tu as pourtant suivi le débat Sarko-Ségo avec tes amis. Tu as bien vu que Sarko a surpris plus d'un par son attitude plus posée, sereine, calme, moins agressive alors que les gens s'attendaient à ce qu'il soit très dur avec Ségolène Royal. Le débat, c'est aussi en fonction de l'adversaire d'en face.
Enfin, les sondages comme les spécialistes, les connaisseurs des sciences du langage, de la communication ont tous reconnu que même dans les débats, Barack se défend bien mais a encore des efforts à faire.

Il n'a pas fait d'erreurs ! Il est donc très fort ?

Attention ! Obama est un homme. Même génial et très fort, sa campagne a connu quelques fausses notes.
Il a parlé un moment de ces américains amers qui restent accrochés à la religion et aux armes. Cela a choqué plus d'un puisqu'il parlait des gens des milieux ruraux ou de ceux qui vivent dans des zones avec des usines qui ferment. Il n'avait peut être pas tort mais toutes les vérités ne sont pas bonnes à dire.
Surtout qu'en politique, les adversaires peuvent caricaturer les meilleures intentions du monde.
Sa femme, Michelle, a aussi fait ce qu'on appelle une gaffe, c'est-à-dire des erreurs dans la communication. En Afrique, mon père me

conseillait de remuer 7 fois la langue avant de dire un mot.

Michelle, contente et heureuse de voir son mari représenter le parti démocrate aux présidentielles après la défaite d'Hillary, a déclaré que pour la première fois de sa vie d'adulte, elle était fière d'être américaine, ce qui fut interprété, à l'époque, comme un manque de patriotisme.

Obama n'est certes pas Michelle mais c'était sa campagne à lui. Le candidat paie les erreurs des membres de son équipe.

J'ai beaucoup entendu parler du pasteur Jeremiah Wright ? C'est qui ce monsieur ?

En effet, on a beaucoup entendu parler de ce pasteur sulfureux pour plusieurs raisons. Le révérend Jeremiah Wright est un célèbre prédicateur noir que Barack Obama a rencontré à Chicago, il y a des années. Obama allait prier dans son église, Trinity United Church of Christ, suivre ses prêches enflammés. Il reconnaît avoir été séduit par ce pasteur fort en gueule, qui ne mâche pas ses mots.

C'est lui qui a marié Obama et Michelle le 3 Octobre 1992 et le même qui a baptisé Malia et Sasha, les filles du couple. C'est dire combien le pasteur était dans l'intimité de la famille Obama.

C'est d'ailleurs le thème d'un prêche de Jeremiah Wright, l'audace d'espérer, qui inspira Obama. Il en fera, des années plu tard, le titre d'un de ses livres dont nous avons souvent parlés. Mais, Albert, les amitiés ont leur meilleur et leur pire. On peut souvent avoir des problèmes à cause de ses amitiés, de ses fréquentations. Les campagnes présidentielles américaines sont dures, impitoyables. On attaque l'adversaire sur son passé, son réseau, sa famille, ses amis.

En Mars 2008, en pleines campagnes primaires, des vidéos circulent sur Internet et sur les télévisions montrant le pasteur dans ses prêches flamboyants où il prononce des mots durs : Que Dieu maudisse l'Amérique. Wright n'hésite pas à critiquer les crimes que l'Amérique a commis sur son sol, notamment à l'endroit des Noirs et hors des Etats-Unis.
On doute de son patriotisme, de sa fierté d'être américain et Obama, son ami, est aussi soupçonné. Le camp d'Hillary Clinton qui a bien exploité cette affaire veut montrer le côté revanchard du pasteur, une manière de dire à beaucoup d'électeurs blancs, qu'en réalité, Obama fréquente des gens dangereux, rancuniers qui haïssent les Etats-Unis.
Une vidéo du pasteur le présente en 2001, quelques jours après le 11 Septembre, en train de dire que les bombardements d'Hiroshima et de Nagasaki, au Japon, ont fait plus de morts que les milliers de morts du World trade Center. Une manière pour lui de dire aussi que l'Amérique récolte chez elle ce qu'elle a semé ailleurs.
Son « God damn America » (Dieu maudisse l'Amérique) à la place de « God bless America » (Dieu bénisse l'Amérique) fait le tour des écrans de télévision.
Le camp Obama est déstabilisé. Hillary Clinton, intuitive, lance une belle formule, affirmant qu'on ne choisit pas sa famille mais que l'on peut choisir son église. Elle veut dire qu'Obama n'était pas obligé de fréquenter un pasteur aussi controversé.

Qu'a-t-il fait face à cette affaire ?

A quelque chose malheur est bon. On ne peut pas affirmer dans l'absolu que cet événement a arrangé Obama mais il lui a permis, sans doute, de

se faire connaître sur la question de la race. Face aux critiques et aux médias, il avait essayé d'éviter les polémiques, il a aussi essayé d'assumer son amitié avec le pasteur. Il a fini par aller au delà, en condamnant ses propos.
Mieux, le 18 Mars 2008 à Philadelphie, Barack Obama a prononcé un discours historique de plus d'une trentaine de minutes. Ce discours fut comparé, par son contenu, sa profondeur, son audace, son importance mais aussi son sens conciliateur, à celui prononcé par Martin Luther King, le 28 Août 1963, discours dans lequel le pasteur King a dit qu'il a fait un rêve. Le rêve d'une Amérique d'égalité, de justice et de fraternité.

Qu'est ce qu'il dit dans ce discours de Philadelphie?
Il dit beaucoup de choses, parle de ses origines, de sa mère blanche, de son père noir, de l'histoire des Etats-Unis mais aussi de l'avenir. C'est un discours sans concession, critique mais non virulent, rassembleur. C'est un discours appelant à bâtir la nation et l'avenir ensemble. Ecoutes, moi, j'ai aimé cette partie du discours où il reconnaît la colère du pasteur sans la juger comme le moyen approprié pour changer les choses : « Pour les hommes et les femmes de la génération du révérend Wright, la mémoire de l'humiliation, de la précarité et de la peur, n'a pas disparu, pas plus que la colère et l'amertume de ces années.
Cette colère n'est pas toujours une arme efficace. En effet, bien trop souvent, elle nous détourne de nos vrais problèmes, elle nous empêche d'analyser notre part de responsabilité dans notre situation, et elle empêche la communauté afro-américaine de nouer des alliances indispensables à un changement véritable. »

Contre l'injustice, le colonialisme, des Blancs se sont battus. Il faut sauver la mémoire tout en évitant de rester prisonnier du passé.

On dit qu'il est très jeune et sans expérience !
Il est certes jeune mais je pense qu'il est mûr pour diriger les Etats-Unis. Avant lui, on avait dit la même chose de Bill Clinton qui a pourtant été un très bon Président aux yeux des Américains.

Certains Noirs disent qu'Obama ne défend pas bien la cause des Noirs, qu'il veut plaire aux Blancs. Il n'est donc pas fier d'être Noir ?
Dans son beau discours prononcé en 2004 lors de la convention de son parti, convention qui a investi John Kerry, le candidat démocrate de l'époque, Obama disait ceci : « Il n'y a pas une Amérique noire et une Amérique blanche et une Amérique latino ou asiatique. Il y a les Etats-Unis d'Amérique. »
C'est très important comme vision politique et sociétale. Certes, les critiques de certains afro-américains sont bien compréhensibles mais les choses sont loin d'être simples quand l'on brigue la Maison blanche dans un pays majoritairement blanc.
Il n'était pas le candidat d'une race. Albert, je comprends bien ces Noirs même si je ne suis pas d'accord avec eux. Obama, en fin politique, connaît bien les Etats-Unis. Les reproches qu'on lui fait, à ce sujet, renvoient à la question de la cause noire aux Etats-Unis. Je te parlais tantôt de la souffrance des Noirs américains, plus précisément ceux qu'on appelle les Afro-Américains.
Et bien, l'Amérique, c'est aussi le pays de l'esclavage, des champs de coton avec des Noirs

venus des navires à partir de l'Afrique. Les Etats-Unis, c'est aussi le pays de la ségrégation raciale, après l'abolition de l'esclavage, il y avait comme des murs entre Noirs et Blancs. Les mariages entre eux étaient interdits dans beaucoup d'Etats. Les Noirs étaient lynchés, fouettés jusqu'à la mort. Ils n'avaient pas le droit de fréquenter certains lieux réservés aux seuls Blancs. Même les Métis comme Obama étaient automatiquement considérés comme Noirs.

Ah bon ! Comme au pays de Mandela !
Justement ! Il y a eu l'Apartheid en Afrique du Sud. Il y a eu la ségrégation raciale aux Etats-Unis. Albert, faisons un peu d'histoire !
Dans des Etats comme le Mississipi, l'Alabama ou le Texas, les lynchages de Noirs étaient fréquents.
En 1911, une femme noire américaine, Laura Nelson, fut pendue avec d'ailleurs son fils de 14 ans pour lequel elle s'était montrée courageuse. La maman et son fils furent pendus à un pont.
Il y a eu un groupe de Blancs racistes qui s'appelle le Ku Klux Klan qui s'est montré très dur et méchant avec les Noirs.
Mais il y a eu des gens courageux, noirs mais aussi des Blancs, en faveur des Noirs.
Abraham Lincoln, un président assassiné par des racistes, fut particulièrement courageux pour la cause des noirs.
Une chanteuse noire Billie Holiday a connu un succès avec une chanson, « strange fruit », contre la ségrégation raciale dans les années 30.
Une autre femme noire, Rosa Louise Mc Cauley Parks s'est illustrée le 1er Décembre 1955 en Alabama en refusant de céder sa place à un blanc dans un bus.

Elle a eu raison, la dame !
C'était courageux à l'époque.
Elle fut arrêtée par la police et les Noirs lancèrent sous l'instigation du jeune pasteur noir de 26 ans, Martin Luther King, un long boycott des bus qui dura plus de 380 jours où les Noirs refusèrent de prendre les bus.

La dame a été libérée ou pas ?
Rosa Parks fut libérée et devint une héroïne pour les Noirs. Il y a eu aussi les Black Panthers Party, un groupe d'auto-défense, prônant la violence et créé en 1966 par des Noirs dont Huey Newton et Bobby Seale. Ce groupe incitent à rendre coup pour coup et parle même de supériorité de la race noire. Ils sont plus radicaux.
Il y eut aussi Martin Luter King, Malcolm X et d'autres, surtout des millions d'anonymes, Blancs et Noirs, qui se sont battus pour la cause des Noirs et l'égalité entre tous les hommes.
Il y a des Noirs américains qui pensent effectivement qu'Obama est mou et qu'il a un discours trop consensuel. Certains Noirs américains sont encore dans la rancune, la colère, la revanche. Ils ont leurs raisons mais il est aussi évident que les Etats-Unis ont beaucoup changé. Le racisme et les discriminations n'ont pas cessé mais ce pays a fait un grand bond en avant. La récente et belle élection de Barack Obama le prouve éloquemment.
Le révérend Jesse Jackson qui est un grand monsieur et qui s'est, avant Obama, présenté aux primaires du parti démocrate, avait un discours qui séduisait les Noirs américains mais faisait peur à certains Blancs.

Pourquoi il y a tant de racistes et pourquoi ils ne nous aiment pas, nous les Noirs ?

D'abord, il n'y a pas que les Noirs qui souffrent du racisme même si le racisme anti-noir reste le plus fort et le plus durable dans l'Histoire. Il y a des gens qui n'aiment pas non plus les Arabes ou les Juifs tout simplement parce qu'ils sont Arabes ou Juifs.

Concernant les Noirs, c'est long à expliquer mais écoutes bien ! Je te donne les grandes lignes.

Tout d'abord, le racisme est une question d'histoire, d'intérêt et d'ignorance. Il dure depuis longtemps. Il y a également un lien étroit entre le racisme anti-noir et l'esclavage dont les Noirs furent victimes.

Certains ont pensé et même dit que le Noir est inférieur aux autres races. D'autres ont même dit qu'il était un sous-homme pas loin de l'animal. Tous ces mépris à l'encontre du Noir étaient pourtant liés à la couleur de sa peau. De ces considérations de mépris, il fallait trouver de fausses justifications. Après, il fallait en tirer bénéfice, d'où l'esclavage. Certains sont même allés jusqu'à soutenir que le Noir était maudit par Dieu, que Dieu n'était donc pas contre le fait qu'on le fasse esclave.

En quelques mots, je te schématise : les peuples se sont rencontrés. Entre eux, il y a eu des guerres destructrices. Les vainqueurs, pour des raisons économiques, ont soumis les vaincus, les ont déportés pour mettre les champs en valeur. Pour justifier ces crimes, il fallait expliquer que le Noir n'est pas comme les autres, qu'il est différent des autres, qu'il mérite de travailler comme esclave pour le Blanc. Certains ont même expliqué que le Noir était moins intelligent que le Blanc alors que

c'était mensonge. L'intelligence n'a rien à avoir avec la couleur de peau.
Il faut aussi savoir qu'avant les occidentaux, les Arabes partaient chercher des esclaves en Afrique soit en faisant la guerre pour capturer ces esclaves ou en les achetant avec des complices locaux. Cette traite des esclaves, dont on parle peu, a pourtant duré du 9ème au 20ème siècle sur les routes du Sahara.
Quant aux occidentaux, ils venaient également piller des hommes et des femmes, les déportant enchaînés sur des navires.
Le racisme anti-noir, s'explique en grande partie, par la fausse justification de l'esclavage. Pour traiter quelqu'un comme un animal, il faut expliquer qu'il n'est pas comme les autres hommes. Et cela pour des raisons économiques. L'esclavage a beaucoup enrichi les esclavagistes, c'est-à-dire ceux qui achetaient ou vendaient des Noirs.

Mais, tonton, j'ai entendu dire que ce sont des Noirs qui ont vendu leurs frères noirs !
Albert, c'est ce qu'on appelle une explication simpliste ou partielle, c'est-à-dire qui ne colle pas à la réalité. Toi-même as dit que ce sont « des Noirs », pas tous les Noirs qui ont vendu leurs frères.
Il y a incontestablement eu des complicités locales, c'est-à-dire des rois qui ont profité de l'esclavage mais cela ne veut pas dire que les peuples qui subissaient ces crimes étaient d'accord. On ne le rappelle pas suffisamment mais il y a eu beaucoup de résistances contre l'esclavage, même dans les bateaux qui transportaient les esclaves jusque dans les champs de coton aux Etats-Unis. La très grande majorité des Africains se sont battus, à l'époque, contre l'esclavage. Ils ont résisté.

Je te donne un exemple : Quand les Allemands ont vaincu la France pendant la seconde guerre mondiale, sont entrés en France en vainqueurs, ont occupé notre chère France, il y a eu des français qui étaient complices avec les Allemands pour dénoncer les résistants. Est-ce que cela veut dire que le peuple français était d'accord ?

Non !
Alors !
L'esclavage fut un grand crime. Le racisme l'a justifié. Il a largement diffusé le racisme à travers des préjugés. Les descendants des esclaves restent encore des millions à travers le monde (aux Etats-Unis, en Jamaïque, à la Barbade, en Haïti, aux Antilles et même en Arabie) à souffrir encore du racisme et du mépris liés à la couleur de leur peau, comme les Noirs d'Afrique d'ailleurs.

C'est pour cela quand je regarde les clips de raga ou de reggae jamaïcains, je vois beaucoup de Noirs ! Ah, tout ça, ce sont des esclaves ?
Non Albert ! Ils ne sont plus des esclaves mais descendants, pour la grande majorité, d'ancêtres esclaves. Ils ne sont pas comme ces Noirs, comme moi, venus tout récemment, de leur gré, en Occident, Amérique ou Europe, je veux dire. Tu comprends !
Albert, le racisme est une absurdité sur le plan scientifique. Te souviens-tu, je vous le dis souvent, la science ne reconnaît pas le terme de race. La couleur de la peau n'a pas d'importance. Nous sommes tous des hommes, des humains avec le même sang rouge, coulant dans nos veines. La couleur de la peau reste superficielle. Elle n'a rien à voir avec l'humanité, les qualités, les défauts ou l'intelligence d'un homme.

Et le racisme en France !

En France, le racisme ne se manifeste pas de manière visible dans les mots et les comportements. Il est souvent discret. Mais il y a souvent des sorties directes, visibles qui expriment clairement des états d'âmes racistes.

Je te donne trois exemples de racisme, l'un clair, les autres plus confus qui peuvent échapper à la personne raciste sans qu'elle le fasse sciemment.

Le premier, c'est celui qui dit clairement et assume le plus souvent qu'il n'aime pas les Noirs, qu'ils sont moins intelligents que les autres. Cet homme est ouvertement raciste.

Dans le deuxième cas, c'est un monsieur, homme politique, qui était du parti socialiste, ici en France qui s'appelle Georges Frêche. Il s'est plaint en disant qu'il a honte pour la France parce qu'il y a beaucoup de joueurs noirs dans l'équipe de foot. Ses propos étaient d'autant graves que les Noirs qui jouent dans l'équipe de France sont français comme lui, la nationalité n'étant pas une question de couleur de peau.

Un autre cas fréquent plus discret, presque inconscient! Moi, j'ai été témoin un jour de voir un de mes amis blancs s'étonner d'entendre qu'un Noir malien a dirigé une mission de la NASA vers la planète Mars et qui a été un succès. Il s'est brusquement écrié : Ah bon ! Un Noir savant à la NASA ?

Contrarié et gêné par les regards et les mines des autres, il a eu honte de ses propos et s'est mis à se justifier comme pour convaincre qu'il n'est pas raciste.

Peut-être que ce monsieur n'est pas raciste même si ses propos prêtent à confusion et à interprétation. Il peut- être quelqu'un qui s'est

plutôt étonné de la place de ce Malien à la NASA sans plutôt douter de son intelligence ou de sa capacité.
Il n'est pas rare de voir même des Noirs très étonnés des exploits d'autres Noirs. Cela s'explique, Albert, par les dégâts au plan mental même chez les Noirs. Des siècles d'idées fausses, de préjugés, de poncifs, diffusés, l'homme blanc toujours présenté en modèle d'intelligence, de bonté, de civilisation, de propreté, ont laissé des séquelles au niveau des mentalités et des comportements.
Même en Afrique, quand nous, on était jeunes, quand quelqu'un aimait être toujours propre et bien habillé, on le traitait de Blanc, de toubab du quartier comme si être propre, c'est être blanc.
Beaucoup de Noirs sont enchaînés sans le savoir et pensent encore que l'intelligence, la propreté, la richesse sont des attributs blancs. C'est dommage !

Je connais le papa d'un copain de la cité qui dit « qu'il faut que les Blancs aillent encore coloniser l'Afrique pour que les conneries cessent là bas. » Pourtant il est noir !
Tu vois ! Des propos pareils ne me surprennent pas. C'est le genre de Noirs dont je parlais tout à l'heure.
Il y a même des Noirs qui se blanchissent la peau pour paraître comme les Blancs. Pourtant, Obama est devenu président des Etats-Unis tout en assumant qui il est.
Pour ce monsieur noir dont tu parlais tout à l'heure, dans sa tête, il pense d'abord que lui-même, en tant que Noir, n'est pas sérieux, responsable et intelligent à l'instar de l'homme blanc. Il est

enchaîné. Il est aussi ignorant, peut être de certaines réalités.
Ce sont les dirigeants africains et leurs complices occidentaux qui sont pour la plupart à la base du mal africain. Quant aux peuples, ils travaillent et même résistent dignement malgré le pillage des dirigeants et des puissances étrangères.
Les dirigeants décident de tout avec l'occident et pourtant de braves gens résistent là bas. Ce qu'il faut savoir, c'est que quand un peuple a été dominé, maltraité, désorganisé, il n'est pas facile de se retrouver. Il faut, pour cela, du temps, du travail et de l'organisation.
Comme je l'ai déjà dit, chez nous ici en France, sous l'occupation allemande, on a utilisé des français blancs pour piéger, dénoncer et faire arrêter d'autres français blancs qui se battaient contre les Allemands. C'est donc une affaire d'individus, pas de race.
Sur un plan moral, le racisme est une honte et une bêtise humaine.

Qu'est-ce qu'il faut alors pour que les gens cessent d'être racistes ?
Bonne question, Albert ! Il faut éduquer, sensibiliser, informer, échanger et aussi sanctionner les actes racistes.
Tiens ! Je suis d'accord avec Lillian Thuram, le champion du monde de foot 1998 de l'équipe de France, qui vient de créer une fondation pour lutter contre le racisme. Sa devise est d'ailleurs très belle : Il n'y a qu'une seule race, c'est la race humaine !

Je kife Thuram !
Tonton, tu as parlé de Jesse Jackson comme candidat aux Etats- Unis. Il était aussi noir?

Il vit encore et est effectivement noir. Il n'est pas métis comme Obama et contrairement à lui, est descendant d'anciens esclaves, donc plus dur sur les questions raciales. Il est un compagnon de lutte de Martin Luther King.

Tu as également parlé de Martin Luther King. Je vois souvent ses photos ; Tu peux me parler de lui ?

Ah ! C'est important à savoir !

Le révérend Martin Luther King Jr était un pasteur afro-américain, charismatique, né à Atlanta le 15 Janvier 1929.

Il s'est montré à la fois courageux et étonnant par sa philosophie de la non violence au moment où beaucoup d'Afro-américains prônaient la violence face aux Blancs.

Il savait soulever et faire vibrer les foules avec ses discours. Il était à la fois un homme d'église mais aussi un combattant des droits de l'homme, surtout il s'est battu pour les droits des Noirs américains, pour une société plus juste, plus fraternelle en prônant la non-violence. La non–violence est une manière de lutte, une stratégie qu'a essayée Gandhi, un grand monsieur de l'Inde contre le colonisateur anglais et qui a fini par gagner, vaincre. Face aux Anglais, Gandhi enseignait de ne pas être violent, de ne pas rendre coup pour coup. Il n'était pas compris mais il a fini par séduire.

Il a donc fait pareil que Ghandi ?

Oui, Martin Luther King a essayé aux Etats-Unis la même manière, la même pédagogie de lutte contre le racisme et la ségrégation. Il y a des places qui étaient, à l'époque, interdites aux Noirs. Ils ne pouvaient pas voter non plus. Dans certains Etats, un Noir et une Blanche ou une Noire et un Blanc ne pouvaient pas se marier. Comme Gandhi, certains ont traité Martin Luther King de naïf, c'est-à-dire qu'il se trompait de stratégie. Un homme de ce bord s'appelait Malcom X. Lui pensait que contrairement à ce que voulait Martin Luther King, il fallait plutôt se montrer dur et violent pour obliger les blancs à changer, à accepter les Noirs à tous les niveaux de la société américaine. Ils avaient tous leurs disciples, des gens qui leur donnaient raison et les suivaient dans leur lutte.

Les deux ont fini par être assassinés, par des Noirs. Certains soutiennent que leurs assassins Noirs ont été missionnés, manipulés pour le faire, c'est-à-dire au service des Blancs. Le 28 Août 1963, Martin Luther King fut à la tête d'une grande marche pour la cause noire. Il prononça un discours mémorable en affirmant qu'il a fait un rêve, celui d'un monde juste et fraternel où enfants noirs et blancs seront des frères. Il a reçu le prix Nobel le 14 Octobre 1964. Il fut assassiné le 4 Avril 1968 à Memphis.

Son célèbre "I have a dream!" "J'ai fait un rêve », restera gravé dans les mémoires.

La brillante victoire de Barack Obama concrétise ce grand rêve de Martin Luther King.

J'ai entendu parler des Blacks Panthers. C'est quoi ?

Les Blacks Panther Party font partie des organisations noires de lutte contre les discriminations. Cette organisation, qui préconisait la violence contre les Blancs, fut fondée en 1966 à Oakland en Californie par des Noirs courageux, militants dont les plus connus furent Bobby Seale et Huey Newton. Les Black Panther Party n'étaient pas seulement opposés au système

ségrégationniste. Ils ont formulé des propositions claires dont l'éducation de qualité pour tous les Noirs, des programmes sociaux pour les quartiers et ghettos noirs, une vraie égalité entre Noirs et Blancs. Ils ont également dénoncé les injustices faites aux Noirs dans les prisons aux Etats-Unis.
Avant les Blacks Panthers Party, les Noirs ont bien sûr lutté à travers une organisation appelée National Association for the Advancement of Colored People (NAACP).
Fondée en 1910, son nom signifie « association pour l'avancement des gens de couleur. » Il faut savoir que des Blancs, intellectuels et anti-ségrégationnistes ont joué un rôle important dans sa création. Comme je te le dis souvent tous les Blancs n'étaient pas pour l'esclavage et tous ne furent pas pour les ségrégations.
Il y a eu aux Etats-Unis ce qu'on a appelé la guerre de sécession, c'est-à-dire entre le Nord et le Sud qui avait proclamé sa séparation du reste de l'union. Il faut savoir que le Sud des Etats-Unis est resté très attaché à l'esclavage en raison de l'apport économique des esclaves. Les esclaves rapportaient beaucoup dans les champs à leurs maîtres. Pour les partisans de l'esclavage, abolir, c'est-à-dire mettre fin à l'esclavage des noirs, constituait une menace contre leurs intérêts personnels. N'oublie pas que les esclaves noirs travaillaient gratuitement pour leurs maîtres !
Le Nord des Etats- Unis était donc abolitionniste c'est-à-dire pour la fin de l'esclavage. Cette guerre civile entre Américains a fait beaucoup de morts.

De quel côté étaient les Noirs?
Belle question, Albert. Il y'avait beaucoup de Noirs qui travaillaient à l'époque dans les champs du sud mais ils étaient évidemment pour la victoire du

camp des abolitionnistes c'est-à-dire ceux qui voulaient mettre fin à ce crime contre l'humanité dont ils étaient les victimes.

Ils étaient donc pour le Nord ?

Tu as bien compris. Le Nord, c'était l'union mais aussi la fin de l'esclavage, le Sud, la sécession et la continuation de l'esclavage. Le président Lincoln, que Barack Obama aime citer souvent dans ses discours, fut courageux en tant qu'homme d'Etat. Il était du camp du Nord, de l'Union du pays et de la fin de l'esclavage.

Il a prononcé un discours important le 1er Janvier 1863 dans lequel il a promis que l'esclavage sera aboli si le Nord gagnait la guerre. Il a également décidé que les esclaves qui quittent le Sud et rejoignent le Nord seront immédiatement libérés, c'est-à-dire ne seront plus esclaves. Avec ce discours, beaucoup d'esclaves noirs se sont engagés du côté nordiste en tant que militaires. Beaucoup vont mourir dans cette guerre pour l'émancipation, l'égalité, la liberté et l'union des Etats-Unis. Les Noirs ont donc pris part militairement à la guerre et ont contribué à la victoire de l'Union.

Qui a gagné ?

C'est évidemment le Nord qui a gagné. Ce fut la victoire des abolitionnistes. En 1865, un amendement de la constitution américaine a interdit l'esclavage. Abraham Lincoln sera assassiné mais il reste dans l'Histoire comme un grand président, un grand homme d'Etat qui a beaucoup fait pour appuyer la lutte des Noirs. Ce qu'il ne faut surtout pas oublier, c'est la résistance permanente des Noirs depuis le début de l'esclavage jusqu'à l'élection de Barack Obama.

Avant la guerre de sécession entre le Nord et le Sud, avant Abraham Lincoln, avant Barack Obama, il y a eu de braves gens, courageux, des militants qui ont payé de leurs vies pour que se produise aujourd'hui cet évènement important qu'est l'élection d'Obama à la Maison blanche.

Obama ne prône ni violence ni non-violence, alors !

Tu as tout compris jeune garçon ! Obama, lui, a décidé de faire de la politique pour transformer les choses. Son projet c'est de mettre fin justement à la violence, l'injustice et les discriminations. Les différentes manières de lutte se complètent. La lutte des prédécesseurs a peut être facilité la tache à Obama. Comme mon grand-père me l'apprenait en Afrique quand j'étais encore adolescent comme toi « un seul doigt ne peut tenir une pierre. » Il aimait ajouter, mon grand-père, qu'il y a des arbres qu'on plante sans en manger les fruits mais qu'il faut quand même le faire pour ceux qui viendront parce qu'on a aussi mangé des fruits d'arbres qu'on n'a pas plantés. Je vois que ces mots te font rire à juste raison !

J'aime bien les proverbes !

Alors, tu remarques donc qu'il a tiré les leçons des expériences de lutte de tous ces grands hommes. Il ne voulait faire les mêmes erreurs qu'eux. S'il tenait le même discours axé sur la race, la situation des Noirs comme le révérend Jesse Jackson, ce n'est pas sûr qu'il gagnerait et deviendrait président aujourd'hui.

Pourquoi ?

Les Blancs allaient avoir peur de lui. N'oublie pas que Barack Obama, contrairement à Martin Luther

King, Malcom X et Jesse Jackson, n'est pas un descendant d'esclaves. Son discours était donc adapté à ce qu'il est et aux attentes actuelles de l'Amérique qui a besoin d'unité après des longues années de division.
Il s'accepte comme Noir, tout en précisant qu'il n'est pas le candidat des Noirs. Il était le candidat de tous les Américains. Il n'a donc pas cherché seulement à plaire aux blancs. Il a cherché à les comprendre et s'est fait aussi comprendre.
Le temps lui a donné raison. Il est entré à la Maison blanche sans brûler de voiture, sans insulter les Blancs, surtout sans tuer personne. Il n'a pas oublié le passé et l'a même dit dans certains de ses discours mais a plutôt donné la priorité au présent et surtout à l'avenir.

On disait que McCain allait le battre. Pourquoi, lui aussi, a échoué ?
C'est une très belle question ! A cela, il ya plusieurs raisons.
McCain avait des atouts réels. Il s'est vite imposé comme vainqueur du camp républicain. Cela lui a donné le temps pour mieux se préparer contre Obama. Il a aussi fait des erreurs. C'est comme une équipe de football. On peut faire des erreurs et ça coûte cher.
Obama en a aussi faites mais il ne faut pas en faire trop et surtout il faut savoir se corriger, s'adapter.
Alors, voyons d'abord les atouts de McCain ! Par atouts, comprends les points forts, ce qui a été en sa faveur. On a déjà vu qu'il a rapidement gagné contre ses adversaires contrairement à Obama qui a dû batailler dur contre la brave Hillary.
John Sidney McCain III était le vétéran de la campagne, du haut de ses 72 ans. Il avait donc

l'atout de l'expérience pour en avoir assez fait, vu et vécu.
Bon militaire patriote, il a été fait prisonnier pendant la guerre du Vietnam, est resté des années, maltraité par les Vietnamiens.
Libéré en 1973, à son retour il a été reçu en héros et décoré par le président américain de l'époque, Richard Nixon.
Les Américains aiment les héros, les résistants comme toi tu aimes Rambo et Arnold Schwarzenegger. McCain a été donc perçu comme les héros de Hollywood, surtout que lui avait fait la vraie guerre.
Lui-même a beaucoup insisté sur son passé glorieux pour séduire les électeurs.
En 2000, le même Mc Cain avait déjà tenté la course présidentielle et avait perdu lors des primaires de son parti. Il avait donc une certaine expérience en la matière contrairement à Obama qui tentait pour la première fois.

***Mc Cain avait déjà tenté** !*
Je constate que cela t'étonne mais il l'a effectivement fait. C'était précisément en 2000 et il a été battu comme je l'ai déjà dit. C'est d'ailleurs George Bush, le prédécesseur d'Obama qui a gagné dans son camp, les Républicains et qui va aussi remporter l'élection présidentielle de cette année 2000.
McCain est aussi connu pour son endurance, comme tout bon militaire. Il sait se relever quand il tombe.
Malgré son âge avancé, le brave et tenace McCain a tenu physiquement, sillonnant l'Amérique.
Ce fut aussi un exploit quand il a battu le populaire ancien maire de New York, Rudolph Guliani et le milliardaire Mit Romney.

McCain est aussi connu pour ses prises de positions et ses déclarations à contre courant de son camp. On le voyait donc en homme libre, capable de dire la vérité sur l'état de l'Amérique, ses besoins et les solutions qu'il faut.
Il n'était pas un mauvais candidat. Il avait ses chances mais la bonne campagne d'Obama, la crise financière ainsi que les erreurs de McCain lui-même ont réduit ses chances.

Tu peux me dire certaines erreurs de Mc Cain !
Disons que tout ne fut pas erreur de sa part ! Il y a ce qu'on appelle les circonstances, c'est-à-dire la situation des Etats-Unis et du monde au moment des élections. Ces circonstances ont donc plus aidé Obama que McCain.
Il ya par exemple le bilan de George Bush qui était médiocre et qui est du même parti que McCain. McCain a été traité comme co- responsable de ce bilan par Barack Obama, à juste raison et à bien des égards. McCain a soutenu et voté une grande partie de la politique de Bush au Sénat où il est sénateur de l'Arizona, son Etat, depuis 1986. Il fut critiqué pour avoir soutenu la guerre d'Irak, contrairement à Obama qui, au moment du déclenchement de cette guerre meurtrière, avait vu juste et de manière lucide. Obama avait fait, à l'époque, un discours historique en affirmant qu'il n'est pas contre toutes les guerres mais qu'il est seulement contre les guerres stupides, c'est-à-dire les guerres que l'Amérique n'est pas obligée de faire. Le temps lui a donné raison.
Le camp d'Obama a beaucoup insisté sur ça pour dire que malgré sa jeunesse et son inexpérience qu'on lui reproche, Obama a vu plus juste que McCain et a été capable de prédire ce qui allait arriver quelques années plu tard.

Albert, cela s'appelle l'intelligence prospective. La capacité et l'intelligence de bien analyser les choses à venir.
Il y a aussi la crise financière dont on parle aussi en France, ici chez nous. Comme McCain, lui-même, avait dit qu'il ne connaissait pas grande chose en économie, les Américains ont donc accordé leur confiance à Obama pour apporter des solutions à cette grave crise qui fait perdre des emplois à travers le monde et surtout aux Etats-Unis.
McCain comptait aussi sur des menaces de l'Iran ou sur Israël pour bombarder l'Iran et l'empêcher d'avoir la bombe atomique. Si ces menaces ou ces guerres avaient eu lieu pendant la campagne, la sécurité et la défense des Etats-Unis allaient être des sujets importants. Et comme McCain est un brave militaire avec un discours dur sur ces questions, il allait, peut être, gagner des points sur ces questions. Ces circonstances n'ont pas eu lieu. On fait les erreurs. Quant aux circonstances, elles ne dépendent pas souvent de nous mais l'on peut bien les utiliser, les exploiter.

C'est à dire !
C'est simple. Je te donne l'exemple de Barack Obama qui a bien utilisé en sa faveur la question de l'Irak et de la crise financière. McCain est resté presque dépassé par ces questions.
Il y a aussi le choix du vice-président. Aux Etats-Unis, le vice-président est choisi par le candidat. En cas de mort ou autre chose empêchant le président de gouverner, le vice-président assure le relais. Obama a choisi un homme expérimenté, Joe Biden alors que McCain a choisi une dame…

Palin !

Justement ! Sarah Palin qui lui a créé plus de problèmes qu'elle n'en a solutionnés. Mais je pense que c'est exagéré de mettre la défaite de McCain sur son dos. Elle y est certes pour quelque chose, y a sa responsabilité mais John McCain est le premier responsable de sa propre défaite.
Certains électeurs ont trouvé aussi McCain trop vieux, surtout que sa colistière, Sarah Palin, a été perçue comme inexpérimentée, non capable de diriger le pays en cas d'empêchement ou de mort de John McCain.
Il y a aussi un autre aspect qui a beaucoup compté en faveur de Barack Obama même si c'est à son honneur. Il a mobilisé beaucoup plus d'argent que McCain et dans les présidentielles américaines, l'argent compte beaucoup. Est même indispensable. L'argent est, comme on le dit, le nerf de la guerre.
Barack Obama achetait donc plus de plages de publicités sur les télévisions que McCain. Tu constates donc ! Plusieurs raisons expliquent pourquoi le brave McCain a été vaincu !

Pourquoi les Républicains traitaient-ils Obama de socialiste ?

Chez les Américains, le mot socialiste fait peur. Il renvoie, Albert, à quelqu'un qui est moins pour la création de richesses que pour sa redistribution. On l'a même traité de communiste et de soviétique. Aux Etats-Unis, on peut dire qu'autant il y a des chances de réussite pour tout le monde autant c'est chacun pour soi.
C'était donc pour faire peur aux électeurs, leur dire qu'Obama va augmenter les impôts afin de les redistribuer aux américains pauvres. C'est une société qui invite à l'enrichissement personnel, à la propriété privée et à moins d'Etat.

Bizarres, les Américains !

Aux Etats-Unis, c'est le capitalisme qui est le système dominant, c'est-à-dire moins d'intervention de l'Etat dans les affaires économiques et financières. La liberté d'entreprendre, la création de beaucoup d'entreprises privées sont à la mode. L'Etat ou le gouvernement s'occupe beaucoup plus de la sécurité des gens. C'est pour cette raison qu'aux Etats-Unis, il y a des millions d'Américains sans couverture sociale.

Différents de la France donc ?

Justement !

Ce n'est pas comme en France où les entreprises paient beaucoup d'impôts, où il y a beaucoup de cotisations qui sont redistribuées ensuite aux plus pauvres mais aussi aux travailleurs.

La France est donc plus marquée par le socialisme. Il n'est pas facile de licencier un travailleur comme aux Etats-Unis.

Les Républicains ont traité Obama de socialiste parce qu'ils savent que les Américains, malgré les insuffisances et les faiblesses de leur système, ne veulent pas d'un autre où l'on distribue au détriment de la création des richesses. En fait, ils ont peur de voir leurs impôts augmenter.

Le traiter de socialiste avait donc des visées électorales de la part des républicains.

Cette accusation, c'était aussi pour faire peur à beaucoup d'électeurs de droite et les pousserait à se mobiliser pour que McCain gagne et payer moins d'impôts.

Cela ferait aussi peur aux électeurs qui sont plus proches du centre et même à des démocrates qui sanctionneraient Obama dans les urnes pour

l'empêcher de gagner et de tirer le pays vers un système que les Américains jugent inefficace.
Comme beaucoup de pays qui avaient adopté ce système sont en train de changer pour faire comme les Américains, c'est le cas de la Chine ou de l'Inde, même s'il ya bien sûr des différences, les républicains se disent que le capitalisme est la meilleure voie.
Ce même débat existe ici chez nous et avec la crise financière, les défenseurs de l'Etat disent que le capitalisme crée beaucoup d'inégalités, d'injustices, laisse beaucoup de personnes sur le carreau.

Ils avaient raison, non, les Républicains ?
Non, il n'est pas socialiste et n'avait pas de programme socialiste. D'ailleurs, des grands patrons du système capitaliste, c'est-à-dire ceux qui sont le plus contre l'intervention de l'Etat, du gouvernement dans les affaires économiques, ont clairement dit le contraire. En vérité, les républicains voulaient tuer Obama électoralement. C'est ce qu'on appelle, comme je te l'ai déjà dit, les coups bas d'une campagne américaine.
Georges Soros et Warren Buffet, qui est actuellement l'homme le plus riche du monde et un grand patron capitaliste, ont tous les deux soutenu Barack Obama. Le soutien des ces deux capitalistes prouvent bien que son programme n'était pas socialiste. Ca n'a donc pas assez dérangé Obama dans sa campagne.
La gauche américaine est d'ailleurs considérée en France comme libérale. Les gens disent que ce n'est pas une vraie gauche. C'est donc une question de point de vue personnel. Chacun a son système préféré.

J'ai bien compris ! Mais je pense qu'Obama a aussi eu beaucoup de chances !

Il est vrai que beaucoup, comme toi, ont pensé et dit la même chose! Disons qu'il a eu une campagne organisée, une équipe disciplinée mais aussi une bonne stratégie de mobilisation de fonds. En réalité, Obama a été aussi meilleur dans l'utilisation des Nouvelles technologies de l'information et de la communication, c'est-à-dire Internet.

Il a parié sur un grand réseau de petits donateurs qui lui ont donné des sommes de 40 à 60 dollars et souvent plusieurs fois, en fonction de l'évolution de la campagne. Il y a aussi de grandes entreprises qui l'ont aidé financièrement mais si sa campagne n'avait pas bien décollé, elles n'auraient pas parié sur lui.

Il a donc plus travaillé et mérité qu'il n'ait eu de chance.

Dans la vie, il faut savoir transformer les opportunités en chance. Certes, des circonstances l'ont favorisé comme la crise financière ou le fait que McCain était du même camp que Georges Bush, le président sortant, très impopulaire mais il faut aussi dire qu'il a trouvé les meilleures réponses au meilleur moment.

La chance existe dans la vie mais le travail est la meilleure des chances qu'on peut se donner.

Je ne comprends pas pourquoi on l'aime tant et presque partout dans le monde ?

Albert, c'est ce qu'on a appelé *l'Obamania,* c'est-à-dire le phénomène extraordinaire des foules, des peuples, des hommes, des femmes, des jeunes, au delà des races, des pays en sa faveur. L'*Obamania*, c'était tout ce vaste monde qui

souhaitait et s'est souvent mobilisé et battu pour sa victoire, même au delà des Etats-Unis.
Les gens voulaient tellement le changement tant aux Etats-Unis qu'ailleurs qu'ils ont placé en lui leurs espoirs. Du Japon en Indonésie, de New York au Kenya, du moyen Orient en Allemagne, Obama fut la vedette, la star, le candidat préféré. C'est en partie dû au bilan catastrophique de Georges Bush dans le domaine des relations internationales et en partie au discours de changement et d'espoir de Barack Obama. Sache que la guerre de l'Irak a fait beaucoup de mal à l'image des Etats-Unis ! Ces milliers d'Irakiens tués par l'armée américaine, ça fait pas bonne image.

On a beaucoup entendu parler de Joe le plombier !

En effet, lors de ses tournées de campagne dans l'Ohio, Obama a été interpellé en Octobre par un monsieur qui s'est présenté comme plombier. Cet homme, de son vrai nom, Joe Wurzelbacher, est devenu Joe le plombier.
Ce monsieur a critiqué, à l'époque, le programme de Barack Obama et dit qu'il ferait payer beaucoup d'impôts par des gens comme lui, travailleur modeste. Obama a essayé de le convaincre, lui expliquant que son programme ne lui ferait payer aucun impôt de plus.
A la télévision McCain a beaucoup parlé de Joe le plombier pour que les millions de gens qui sont comme Joe, le plombier, votent pour lui.
C'est ainsi que Joe, le plombier, est devenu la vedette en ce tournant de la campagne mais son histoire a été éclaircie plu tard. Des enquêtes ont finalement prouvé qu'il était un faux plombier, qu'il devait de l'argent au FISC américain. On l'a aussitôt soupçonné de rouler pour McCain. Son

histoire semblait donc être un coup monté par le camp républicain. Ca a donc décrédibilisé Joe et ça n'a pas changé le cours de l'élection en faveur de McCain.
L'histoire de Joe le plombier fait partie de ce qu'on appelle les coups montés dans une campagne électorale. Ca été finalement un coup foiré.
Dans un meeting, Obama a même trouvé une belle formule pour dire que McCain ne défend pas Joe le plombier mais plutôt Joe le banquier.

Qu'est- ce qu'il veut dire avec cette formule ?
C'est une manière de dire que McCain ne défend pas les pauvres et les revenus modestes mais plutôt les riches.
Joe a d'ailleurs fini par faire campagne avec McCain.

C'est quoi la meilleure stratégie ?
La stratégie, c'est la manière par laquelle un candidat décide de mener sa campagne. Albert, la stratégie demande une bonne organisation, une solidité physique et mentale pour tenir le rythme, un bon management des hommes qui composent l'équipe de campagne, une bonne animation du réseau, une bonne communication au bon moment, une bonne mobilisation des fonds pour payer des pages publicitaires dans les médias.
Obama s'est montré le meilleur dans presque tous ces domaines. Dans ses discours surtout, il s'est montré l'homme du renouveau de l'Amérique, du consensus, du compromis, au delà des camps, bref, il a prôné l'union de l'Amérique pour apporter des solutions efficaces aux problèmes réels et concrets des Américains. Obama n'a pas hésité à critiquer les luttes partisanes, c'est-à-dire les républicains et les démocrates qui se critiquent

violemment et qui, en privé, sont plus gentils les uns avec les autres.
Pour Obama, les intérêts de l'Amérique doivent être au dessus de ces querelles partisanes. Ce discours rassembleur a séduit des millions d'Américains.

C'est étonnant ! Obama, il a battu tout le monde. Il est très fort ! C'est un vrai superman ?

Pour sa victoire définitive qui consacre la réalisation de ce grand rêve, ce destin extraordinaire, cela nous amène à ramasser les grands traits qui ont dominé sa stratégie.
Je dois dire qu'il avait la meilleure stratégie, a fait la meilleure campagne, s'est montré le plus intuitif.
Si tu veux bien, on va faire une petite chanson avec le nom de Barack Obama que nous allons répéter, comme le refrain d'une jolie chanson. Tu verras, ce sera plaisant. Alors, on y va !
Obama a gagné parce qu'il a cru en lui-même ;
Obama a gagné parce qu'il sait se remettre en cause, apprend vite, s'adapte et écoute les autres ;
Obama a gagné parce qu'il est persévérant ;
Obama a gagné parce qu'il a su bien communiquer ;
Obama a gagné parce qu'il a bien analysé les attentes et les besoins de l'Amérique ;
Obama a gagné parce qu'il s'est présenté comme le conciliateur, le rassembleur, celui qui unit l'Amérique divisée ;
Obama a gagné parce qu'il a réussi à séduire et à mobiliser la jeunesse, rassurer les blancs, conquérir les hispaniques et les juifs qui l'ont aussi soutenu avec leurs moyens et leurs réseaux ;
Obama a gagné parce qu'il a inspiré des millions de gens qui l'ont soutenu ;

Obama a gagné parce qu'il a mobilisé plus d'argent que les autres ;
Obama a gagné parce qu'il a gagné la bataille des médias ;
Cela te fais rire de me voir répéter son nom. C'est une belle chansonnette, non ?

Bien sûr que c'est très drôle !
Alors, on continue !
Obama a gagné parce qu'il était le candidat des peoples et des stars comme ton idole George Clooney, Bruce Springsteen ou encore la célèbre animatrice noire Oprah Gail Winfrey ;
Obama a gagné parce que certains grands symboles du capitalisme ont salué son programme et lui ont apporté leurs soutiens, ce qui a étouffé l'accusation de socialiste dont il fut l'objet de la part de McCain ;
Obama a gagné parce qu'il était le candidat du changement ;
Obama a gagné parce qu'il a fait la promotion de l'espoir qu'il a incarné et porté;
Obama a gagné parce qu'il s'est montré modeste et humble pour surprendre ses adversaires ;
Obama a gagné parce qu'il s'est constitué la meilleure équipe de campagne avec deux hommes formidables et excellents, David Axelrod et David Plouffe ;
Obama a gagné parce qu'il a mieux géré son image ;
Obama a gagné parce qu'il s'est montré le plus convaincant dans les débats ;
Obama a gagné parce qu'il a mieux rassuré face à la gravité de la crise financière ;
Obama a gagné parce qu'il n'a négligé aucun Etat, a fait exploser la carte électorale, c'est-à-dire a

gagné la bataille dans des Etats qu'on lui disait impossibles parce que traditionnellement marqués républicains tels l'Iowa ou la Virginie qui, depuis 1964, n'a pas voté démocrate aux présidentielles ;
Obama a gagné parce qu'il a su sortir de tous les pièges comme celui lié à son ancien pasteur et ami, Jeremiah Wright ;
Obama a gagné parce qu'il a fait un bon choix en faisant de Joe Biden son colistier, un homme très expérimenté, aujourd'hui, vice-président des Etats-Unis;
Obama a gagné parce qu'il ne s'est pas montré rancunier envers le clan Clinton qui l'a sévèrement attaqué lors des primaires et qui a fini par lui apporter son soutien;
Obama a gagné parce qu'il a fait le choix d'une campagne de conquête de l'opinion plutôt que de coups bas ;
Obama a gagné parce qu'il a compris que gagner le premier Etat, c'est-à-dire dans l'Iowa, face à la populaire Hillary crédibiliserait sa candidature et sera un grand coup politique;
Obama a gagné parce qu'il a conquis et obtenu le vote des jeunes et des femmes qui ont majoritairement voté pour lui ;
Obama a gagné parce que les minorités, Noirs et Hispaniques et les Juifs ont majoritairement voté pour lui ;
Obama a gagné parce que l'Amérique a beaucoup changé, le racisme, beaucoup reculé.

Belle notre chansonnette !
Ca résume assez !
Obama a donc gagné parce qu'il a su mettre en branle la meilleure stratégie.

Je voudrais savoir combien de pourcentage de Blancs ont voté pour lui.

43% des Américains blancs ont voté pour lui et concernant les Américains noirs, ils furent 95 % à voter pour Obama.

Donc, beaucoup de Blancs n'ont pas voté pour lui !

Depuis très longtemps, la majorité du vote des Blancs va généralement aux républicains alors même qu'avant Obama, les candidats démocrates étaient tous blancs.

Il a obtenu le soutien de plusieurs personnalités qui comptent beaucoup aux Etats-Unis comme le sénateur Dick Durbin, qui a surtout été de ceux qui l'ont encouragé à se lancer dans la course à la Maison blanche, à qui Obama doit beaucoup, Richard M. Daley, maire de Chicago, des hommes politiques de premier plan comme Al Gore, Bill Clinton, John Kerry, John Edwards, Colin Powell, des hommes et femmes milliardaires comme Warren Buffet, George Soros, Oprah Winfrey, des stars du cinéma, des musiciens comme Will Smith, Ben Affleck, George Clooney, Will.i.am, Paris Hilton et autres que tu connais mieux que moi ! Toi qui t'intéresses plus à la musique, au cinéma et aux peoples.

La famille Kennedy, celle de l'ancien président démocrate des Etats-Unis, très populaire, assassiné le 22 Novembre 1963 à Dallas, l'a soutenu face à Hillary. Caroline Kennedy, la fille de John Fitzgerald Kennedy et son oncle Edwards Kennedy, sont sortis de leur réserve pour lui apporter leurs soutiens décisifs et importants.

La famille Kennedy reste non seulement populaire dans le camp démocrate mais aussi dans le pays.

Tu constates que dans ce vaste monde de soutiens, il y a à la fois des Blancs et des Noirs !

On ne peut donc pas parler forcément de racisme des Blancs qui n'ont pas voté pour lui. Pour certains, ça peut être dû effectivement à la couleur de la peau d'Obama.

Il est important de savoir qu'avec ses 43%, Barack Obama a dépassé le pourcentage du vote blanc obtenu par le candidat démocrate, John Kerry en 2004. Kerry est pourtant blanc.

Les jeunes de moins de 30 ans ont voté pour lui à hauteur de 66%.

Quant aux femmes, le pourcentage du vote pour Obama a atteint 56%, 66% pour les Latinos.

66 % de ceux qui votaient pour la première fois l'ont également choisi.

77 % des Juifs américains ont aussi voté pour lui et même 9% de Républicains, des gens du camp de McCain, ont apporté leurs suffrages à Barack Obama.

Il est vrai aussi que 10 % des démocrates, donc de son camp, n'ont pas voté pour Obama, dont une majorité de blancs, dans ce pourcentage.

Le recul du racisme aux Etats-Unis et l'évolution des mentalités (43% du vote des Blancs en sa faveur) ne doivent néanmoins pas cacher le fait que le candidat doit beaucoup au vote des minorités, qui constituent des millions de voix, très importantes dans une élection présidentielle.

Il est aussi clair que si Obama n'avait pas rassemblé, rassuré dans ses discours, s'il s'était présenté, par exemple, comme le candidat défendant la cause noire, il ne serait pas élu. C'est pourquoi dans notre chansonnette, nous avons évoqué plusieurs raisons expliquant sa victoire.

Mais pourquoi les gens sont autant étonnés par sa victoire ?

Pour plusieurs raisons dont la principale est le fait que Barack Obama est noir. C'est une première qu'un Noir se hisse à la tête de la nation la plus puissante du monde.

Il y a aussi le fait qu'il était peu connu, il y a seulement deux ans.

La question que certains continuent à se poser et qui n'est ni ridicule ni impertinente est celle-ci : « Sincèrement, Obama lui-même, croyait-il en sa victoire avant les primaires ? »

Il faudra peut être attendre qu'un jour le candidat nous dise sincèrement son état d'esprit, un an avant les primaires. Il est vrai que c'est le propre de tous les hommes politiques de ne surtout pas montrer qu'ils viennent juste pour tenter leur chance.

Un candidat qui ne croit pas en ses propres chances aura difficilement des gens en sa faveur.

Moi-même étais dubitatif au départ. Comme des millions de gens, c'est à partir de la victoire dans l'Iowa, le coup d'envoie des primaires, où Obama est arrivé en tête du camp démocrate, que j'ai commencé à croire en ses chances.

Mais, Albert, même avec cette belle victoire, beaucoup de gens doutaient encore des chances de Barack Obama.

Le YES, WE CAN ! Qui signifie, OUI, NOUS POUVONS sonnait si juste et si fort pour convaincre ceux qui doutaient encore.

Dans son discours de victoire, le 4 Novembre 2008, je pense que, plus que tout le monde, Obama, lui-même, a bien résumé son parcours présidentiel en ces termes :

« Mais avant tout, je n'oublierai jamais que cette victoire vous appartient. Je n'étais pas le candidat le plus évident pour ce poste. Nous n'avons pas commencé avec beaucoup d'argent ni avec beaucoup d'appuis. Notre campagne n'a pas éclos dans les halls de Washington – elle a commencé dans les arrière-cours de DesMoines, dans les salons de Concorde et sur les porches de Charleston. »

On disait qu'il est déjà président et j'entendais encore dire qu'il allait être élu le 15 Décembre 2008. Je ne comprenais bien pas à l'époque !

Ah ! Je te comprends bien. C'est le système électoral américain avec ses séquences, comme les feuilletons d'un film. Ce n'est pas le suffrage direct comme en France.

C'est un système indirect mais c'est ainsi aux Etats-Unis.

On va faire simple ! Alors, il y a 4 grandes dates :

- Le 4 Novembre 2008, les citoyens américains ont voté directement pour élire les grands électeurs. Ils sont au nombre de 538.
- Le 15 Décembre 2008, les grands électeurs ont élu Barack Obama avec 270 voix comme majorité absolue. Ce chiffre suffit pour qu'il soit considéré comme élu comme président.
- Le 6 Janvier 2009, ce fut la proclamation du vote des grands électeurs pour voir combien ont voté pour Barack Obama.
- Le 20 Janvier 2009, ce fut l'entrée officielle et la prise de fonction du nouveau président à la Maison blanche

Les grands électeurs ont respecté le vote populaire, le vote des citoyens du 4 Novembre 2008. Le plus difficile, c'était le 4 Novembre 2008 face à McCain et Obama a gagné.

Avec les résultats du 4 Novembre 2008, Barack Obama a gagné 365 grands électeurs contre 173 pour John McCain. Cela signifie que depuis le jour des présidentielles, Obama a dépassé le nombre de grands électeurs nécessaires, c'est-à-dire 270 voix, pour être élu.

On parle souvent du Congrès.

Au Etats-Unis, il y a deux chambres, la chambre des représentants et le sénat. Les deux réunis forment ce qu'on appelle le Congrès.
Le calcul se fait ainsi : On fait une adition du nombre des représentants et des 2 Sénateurs de chaque Etat pour avoir le nombre exact de grands électeurs de l'Etat en question !
Si l'Etat a 20 représentants et 2 sénateurs, cela fait 22 grands électeurs pour cet Etat.
A titre d'exemples, le Texas a 34 grands électeurs, l'Arizona, 10, l'Illinois, 21. Dans chacun de ces trois exemples, il y a 2 sénateurs, le reste, ce sont des représentants.
Au niveau des Sénateurs, c'est le même nombre, c'est-à-dire 2 pour chaque Etat.

Même si c'est un petit Etat, le nombre ne change pas, alors!

Même si c'est un petit Etat, c'est toujours 2 sénateurs pour le capitole, le Sénat américain. Pour cette raison, le Sénat américain comprend 100 sénateurs. En divisant les 100 sénateurs par 50 Etats, tu obtiens aisément 2 sénateurs par Etat.
C'est le nombre des élus du congrès qui varie selon l'importance de la population de l'Etat.
Obama, jusqu'à son élection, était le seul Noir au capitole, le Sénat fédéral !

99 Blancs + 1 Noir, Obama !

Tu as bien compris ! C'est dire combien son entrée à la Maison blanche constitue un événement inouï, c'est-à-dire une première. Du jamais vu aux Etats-Unis !

J'ai vu des gens pleurer le jour de son élection, pourquoi ils pleuraient ?

Oh, que c'était à la fois beau et émouvant, voir Obama et sa petite famille ce jour inoubliable, tout un symbole !

J'ai aimé quand il leur a rendu hommage en ces termes :

« Je ne serais jamais là ce soir sans le soutien indéfectible de celle qui est ma meilleure amie depuis les seize dernières années, le pilier de notre famille et l'amour de ma vie, la prochaine Première dame de notre nation : Michelle Obama. Sasha et Malia, je vous aime et vous avez gagné un nouveau chiot qui viendra avec nous à la Maison blanche. Et même si elle n'est plus avec nous, je sais que ma grand-mère est présente, tout comme la famille qui a fait de moi ce que je suis. Ils me manquent ce soir et je sais que ma dette envers eux est incommensurable. »

Il est vrai que cette victoire est à tous. Obama a aussi salué son équipe de campagne, tous et toutes celles, des millions d'Américains qui se sont mobilisés en bénévoles pour cette victoire historique.

Elle fut célébrée partout dans le monde. Voir les gens pleurer n'était pas surprenant.

C'étaient donc des larmes de joie ?

Justement !

Les surprises provoquent l'émotion. Ils étaient nombreux ceux qui voyaient l'élection d'Obama, trop historique et inimaginable pour certains, pour être possible. C'étaient donc des larmes de joie.

Des larmes qui fêtent un événement historique, trop important
Une élection a rarement suscité autant d'espoirs dans le monde. J'ai été particulièrement sensible aux larmes du Révérend Jesse Jackson.
Je me suis, moi-même, surpris en train de prononcer, presque à mon insu, tout porté par l'émotion que j'étais, ces mots étonnants traduisant mon état en ces instants émouvants :
« vivre cette élection historique et mourir tranquille. »
Une manière de dire qu'après cet événement très important dans la longue marche des Noirs et de tous les peuples humiliés, l'on pouvait mourir sans regret, fier d'avoir vu l'aboutissement d'une si longue lutte, une si longue espérance !
Albert, ces larmes témoignaient aussi d'un monde qui reprend foi et espoir, qui se réalise à travers la fraternité entre les peuples, l'Amérique et le reste du monde. Un moment de réconciliation des races, si tant est qu'elles sont importantes aux yeux de certains.
Obama n'était pas le favori. Il était un outsider. Il est arrivé inattendu, la belle surprise de l'année, sinon de ce nouveau siècle.
Aux Etats-Unis, des témoins de la ségrégation raciale ont pleuré. C'était le film de leur vie qui se déroulait tout d'un coup : les souvenirs transmis de l'esclavage, la ségrégation, les lynchages, les humiliations, l'espoir de la lutte avec Luther King, son assassinat, la discrimination positive et enfin la consécration, ça mérite des larmes. Enfin, les larmes nous échappent souvent dans des situations d'émotion.

Philippe, mon ami, a dit l'autre jour que les Blancs ont voté pour lui pour s'excuser parce

qu'ils ont fait trop de mal aux Noirs, est-ce que c'est vrai?

Certaines personnes ont dit la même chose. Que les Blancs, conscients de ce qu'ils ont fait aux Noirs, ont eu une belle occasion de se racheter, de se justifier, de s'excuser et de prouver qu'ils ne sont pas racistes mais, moi, je ne crois pas à cela.

Je pense que Barack Obama était le meilleur candidat. Il y a eu, avant lui, des Noirs candidats aux Etats-Unis, pourquoi les Blancs ne les ont pas autant soutenus ?

N'oublies pas que plus de Blancs ont voté pour McCain que pour lui. Ce n'est donc pas une affaire d'excuses pour ceux qui ont voté pour lui.

Si Obama avait été battu dès les primaires, on dirait que les blancs sont racistes !

Comme je l'ai tantôt dit, Barack Obama est un homme de qualité. Il ne fut pas le premier noir à se présenter aux présidentielles américaines.

S'il ne l'était pas, il serait difficilement président, voire ne le serait pas. N'oublies pas que ça été d'ailleurs très dur. Contre Hillary, ce fut un combat laborieux, fatiguant et long. Il a battu Hillary mais face à elle n'a pas été plébiscité.

C'est quoi être plébiscité ?

C'est gagner avec un grand écart face à ses concurrents ou gagner très largement quand on est seul candidat en lice comme dans certaines élections. Face à Hillary, il a usé de toutes ses forces, toute son intelligence pour gagner.

On ne peut donc pas réduire sa victoire à un vote compassionnel comme si l'on avait pitié de lui.

Certes des Américains, en un moment de la campagne, ont pensé qu'il allait être élu, qu'il serait difficile de l'arrêter et ont préféré être aussi acteurs de cette histoire extraordinaire, être de la vague.

C'est ce qu'on appelle faire l'histoire en contribuant à la réalisation d'un rêve important. Mais pour en arriver là, il a fallu d'abord que Barack Obama gagne des batailles comme être sénateur dans son Etat en Illinois, être sénateur des Etats-Unis au Capitole à Washington, gagner dans l'Iowa en arrivant en tête des démocrates et surtout battre Hillary et se faire adouber à la Convention à Denver.

C'est quoi la Convention ?

La convention est une grande messe, une grande cérémonie clôturant le processus de désignation du candidat qui représentera le parti dans la course à la Maison blanche.

Cette longue marche s'appelle aussi la période ou la saison des caucus ou primaires. Chaque Etat organise son caucus ou ses primaires dans les deux camps, républicain et démocrate.

Chez les Américains, c'est la grande fête politique au cours de laquelle les grands électeurs du parti (démocrate ou républicain) désignent le candidat qui doit porter les couleurs du parti face au candidat de l'autre camp.

Faisons un peu d'histoire !

C'est en 1832 qu'eut lieu la première convention dans une élection américaine. Il y avait un parti qui était contre les franc-maçon qui a tenu sa convention à Baltimore dans un Etat des Etats-Unis qu'on appelle Maryland. Les partis républicains et les démocrates feront leur première convention plu tard. C'est devenu, depuis, une tradition. Les Conventions consacrent aussi le candidat dans ses habits d'homme déterminé à gagner. Il fait un grand discours, annonce aussi de grandes idées de son projet, fait aussi connaître

son colistier, c'est-à-dire la personne qui, à ses côtés, deviendra le vice-président s'il gagne.
Un nombre de grand- délégués et de délégués est nécessaire dans chaque camp pour être investi par le parti à la convention.
Il fallait 2118 délégués et super- délégués à Barack Obama pour gagner l'investiture de son parti. Il l'a eu et l'a même dépassé. C'est ainsi qu'il a été investi à Denver dans l'Etat du Colorado du 25 au 28 Août 2008 pour représenter le parti démocrate.
L'investiture signifie donc qu'il est le candidat officiel de son parti, celui qui doit bénéficier de ses moyens, de ses structures pour faire sa campagne.

C'était pareil chez McCain ?
Non ! Chez les Républicains, le camp de McCain, il fallait seulement 1191 délégués pour être investi. Lui a eu son nombre nécessaire avant Obama.
Les primaires républicains ont été moins difficiles, McCain ayant réussi à devancer ses adversaires, les forçant à renoncer. Ce qui lui a donné du temps pour mieux se préparer contre Obama.

Pourquoi John McCain a eu ses délégués avant Obama ?
Tout d'abord, sache qu'ils ne sont pas du même parti.
En, plus, comme je te l'expliquais tout à l'heure, le nombre de délégués que le parti de Barack Obama demandait pour être investi est plus élevé que celui fixé par les Républicains.
Il y a aussi le fait que chez les Démocrates, les primaires ont été plus difficiles et longues comme je te l'ai tantôt expliqué. Les deux partis n'ont pas les mêmes règles.

Par exemple, chaque fois que McCain gagnait l'élection des primaires dans un Etat face aux autres concurrents de son camp, il raflait tous les délégués de cet Etat alors que dans le camp démocrate…

Chez Obama !
Oui ! Chez eux donc, on se partage les délégués selon l'ordre d'arrivée et l'écart entre les candidats. Si Hillary arrive en tête, elle prend la grande partie mais Obama, arrivé deuxième, en gagne aussi mais pas autant qu'elle.

Tu peux donner des exemples ?
En voici : Hillary Clinton a gagné en Californie le 5 Février 2008, et dans la Pennsylvanie le 22 Avril 2008. Obama, quant à lui, a gagné le 5 Février 2008 au Colorado et le 11 Mars 2008 au Mississipi mais dans chacun de ces Etats, les deux se sont partagé les délégués. C'est ce qu'on appelle le système proportionnel.

Et chez les Républicains, comment l'appelle-t-on ?
On l'appelle le majoritaire parce que le gagnant dans un Etat rafle tous les délégués de cet Etat.

On dit que pour devenir président aux Etats-Unis, cela prend du temps !
Au contraire, le système américain permet à des gens qui ne contrôlent pas forcément le parti politique de se faire connaître via les médias, de se faire comprendre et accepter par l'opinion et d'être investi par son parti et gagner. C'est le cas d'Obama. Il n'était pas le patron de son parti. Il y a seulement deux ans seulement, très peu d'Américains connaissaient Barack Obama. Et

voilà qu'il a gagné ! En France, il est difficile de progresser et d'arriver comme ce fut le cas pour Obama si l'on n'est pas une grande personnalité connue d'un grand parti politique. Son phénomène a surpris des millions de gens et, au delà des Etats-Unis. C'est pour cette raison que je l'appelle souvent Obama, l'inattendu !
Même moi, j'ai été surpris. Mais à partir de l'Iowa, j'ai commencé à le prendre très au sérieux.
Ce qui est éprouvant, je veux dire fatiguant pour les candidats dans la course à la Maison blanche, c'est le long cheminement des primaires. Il faut aux candidats à l'investiture une bonne organisation, beaucoup d'argent pour acheter des espaces de publicités sur les médias pour faire passer leurs idées, leurs programmes et se donner une bonne image, des hommes et des femmes qu'il faut souvent aussi payer pour qu'ils se mettent au service du candidat. Les primaires permettent aussi de mieux en savoir sur les candidats, leur personnalité, leurs zones d'ombre, leurs qualités et défauts. Il yen a qui abandonnent, battus de suite dans plusieurs Etats. Certains, faute d'argent se retirent ; d'autres s'énervent et montrent qui ils sont réellement. On a même vu Hillary Clinton laisser couler quelques larmes à quelques jours des primaires du New Hampshire.
Les primaires demandent donc aussi de la résistance physique et mentale mais aussi une capacité d'adaptation aux évènements.

Obama a eu des difficultés à ce niveau ?
Bien sûr ! Il a bien débuté comme nous l'avons déjà vu, dans l'Iowa mais contrairement aux sondages, c'est Hillary qui est arrivée en tête dans le New Hampshire.

Parce qu'elle a pleuré !
C'est bien possible ! Certains spécialistes ont expliqué que ces larmes à la télévision avec une voix entrecoupée lui ont permis de montrer qu'elle était en danger, qu'elle était vulnérable, c'est-à-dire qu'on pouvait la battre et que c'était le moment de l'aider. C'est de l'émotion ! Ca peut attirer des voix. Les femmes ont voté largement pour elle après cet épisode.

Obama a aussi pleuré ?
Non, la dureté de la campagne ne l'a pas fait pleurer mais il a eu des larmes quand, à la veille du 4 Novembre 2008, sa grand-mère Toot est morte. C'était dur pour lui. Pourquoi Dieu n'a-t-il pas laissé- dans ses secrets à lui- Toot voir l'élection historique de son petit-fils ? L'a-t-il rappelée pour que les électeurs blancs, le lendemain, qui hésitaient encore à voter pour Obama, pour la couleur de sa peau, se souviennent aussitôt qu'il est aussi un des leurs, que sa mère était blanche, qu'il est un sang mêlé, une belle synthèse des races ?
Cela est une autre histoire. J'avoue que quand j'ai appris la mort de la grand-mère de Barack Obama, la veille de l'élection, j'ai eu une larme sur ma joue. Après, tout, comme je te le disais tantôt, cette campagne a été dure et dans la vie, il y aura toujours des gens qui vont nous manquer. On n'a jamais tout, jamais tout le monde, tout le temps. Obama lui- même a parlé de ce manque, le soir de sa victoire sur McCain.

Un gars disait à la télé qu'Obama ne vas pas tarder à décevoir !
Le début de sa présidence a été un sans faute. Il était porté par les sondages. Ça commence à

changer de plus en plus mais il reste encore populaire même si ce n'est plus comme au mois de Février ou Mars 2009, sa période de grâce comme on dit.
Reconnaissons qu'il est entré à la Maison blanche à un moment très difficile. Aux Etats-Unis, le taux de chômage vient de grimper, atteignant les 7,2%, voire 10% dans certaines parties du pays. Du jamais vu depuis 1993. Sur la seule année 2008, 2,6 millions d'Américains ont perdu leur emploi, ce qui constitue également une première depuis 1945. La tache de Barack Obama ne sera donc guère aisée.
Albert, au royaume des hommes, comme on dit, tout reste néanmoins possible mais de Barack Obama, il ne faut pas attendre de miracles. Il a déjà assez fait pour l'extension du champ des possibles ! C'est-à-dire que ce qui n'était pas possible pour les Noirs hier, l'est aujourd'hui.
Il est clair que tous ceux qui croient au miracle ou encore ceux qui attendent de lui des choses impossibles seront les premiers déçus. Obama est un homme à qui on demande peut être des pouvoirs d'un Dieu.
Albert, tu sais, les grands présidents qui ont marqué l'histoire sont venus au pouvoir à des moments difficiles ou en plein exercice de leur pouvoir. Ce fut pareil pour Mao, Roosevelt ou De Gaule chez nous ici en France.
Comme nous l'avons déjà vu, de nombreux dossiers compliqués l'attendaient dont, en premier lieu, la crise financière qui reste sa priorité numéro un.

Il a fait beaucoup de promesses, il parait !
Si ! Il a beaucoup promis !

Quelles étaient ses grandes promesses ?

Certaines personnes lui ont reproché de n'avoir pas été assez précis dans ses promesses de campagnes, qu'il a préféré des généralités aux détails. C'est en partie vrai. Il a énoncé quelques grandes idées qui sont également des promesses. Il n'a pas hésité à dire souvent ce qu'il ferait s'il était élu, concernant quelques grands dossiers.

Tout d'abord, il a promis de rassembler, d'unir, de travailler avec toutes les intelligences. Obama ne veut pas être clanique. Elu, il a promis d'être le Président de tous les Américains et non celui des Noirs ou des démocrates seulement.

La nomination d'Hillary Clinton, son ex rivale et le maintien de Robert Gates, un Républicain, donc pas du même parti qu'Obama, au département de la défense sont deux preuves concrètes du respect des promesses électorales. Unir, travailler avec les meilleurs quelque soit leur bord politique !

Il a promis de trouver des solutions à la crise financière, de reformer la santé et permettre à des millions d'Américains de bénéficier d'une protection et pouvoir se soigner plus facilement. Il a aussi promis d'être la voix des « sans voix », c'est-à-dire œuvrer pour plus de justice, de partage, de tolérance et d'écoute.

Il a aussi promis de retirer les soldats américains d'Irak selon un calendrier réaliste. C'est possible que les soldats restent plus longtemps en Irak qu'il l'a promis. Concernant l'Afghanistan, je crois qu'il va, comme la France, renforcer la présence américaine, aider le gouvernement de Kaboul contre les talibans qui ont juré de le renverser et de reprendre le pouvoir.

Contre le terrorisme, il a promis une politique de coopération avec certains pays comme le Pakistan mais a clairement signifié qu'il n'hésiterait pas à

faire des frappes aériennes dans une zone qu'on appelle tribale au Pakistan où l'on croit Ben Laden caché.
Quant au reste du monde, il promet plus de diplomatie, d'écoute comme dans le dossier du nucléaire iranien. Albert, n'oublies pas qu'Obama a été élu par et pour les Américains. Comme, il le disait, il est « prêt pour le job », c'est-à-dire à défendre les intérêts des Etats- Unis. Obama n'est pas un idéologue. Il est pragmatique ! Il n'est pas surtout Jésus qui tend la seconde joue quand on lui donne une gifle sur la première ! Ah, je vois que ces petits mots te font rigoler !

C'est quoi un idéologue ?
L'idéologue change difficilement d'avis sur certains sujets. Il croit détenir la vérité. C'est en partie dû à sa foi en ses idées. Il est convaincu de ce qu'il dit et fait. On parle d'« idéologie marxiste », c'est-à-dire le cœur des idées diffusées par le penseur révolutionnaire Karl Marx, d'« idéologie capitaliste », celle qui défend la propriété privée, l'enrichissement personnel, d'« idéologie islamiste », je dis bien islamiste, qui est une manière de voir l'islam comme religion à défendre, solidarité entre les croyants et rejet des mécréants, c'est-à-dire ceux qui ne croient pas en Allah, moins tolérante.
Mais il ne faut pas confondre l'islamisme radical, haineux, violent et l'islam qui est ma religion, une religion d'amour, de justice et de tolérance.
En toutes les religions, tu trouves des idéologues. Ils ne sont pas forcément violents mais ils croient beaucoup plus à ce qu'ils disent. Difficile de les faire changer d'avis.
Certains idéologues sont mêmes prêts à mourir pour leur idéologie. Le pragmatique, au contraire, écoute plus la réalité, le temps, tient compte de

l'évolution des choses. C'est pourquoi l'on dit qu'Obama est plus un pragmatique qu'un idéologue.
Lui-même a déclaré après son élection qu'il va essayer des solutions et qu'il les changera si ça ne marche pas. Il n'est donc pas un rigide qui rechigne changer quand il sait qu'il se trompe. Je ne sais pas si tu as compris ?

J'ai bien compris ! Est-ce qu'il avais promis d'autres choses ?
Alors, je te parlais tout à l'heure de ce que Jacques Chirac disait des promesses politiques. Voici ce qu'Obama lui-même a dit des promesses dans sa déclaration de candidature, critiquant justement ces hommes politiques qui promettent et une fois vainqueurs, jettent leurs promesses à la poubelle. Ecoutes ce que ton superman, comme tu l'appelles souvent, a dit : « Mais trop souvent, une fois la campagne terminée et les confettis envolés, toutes ces promesses s'évanouissent. Lobbies et intérêts particuliers réinvestissent la place et les gens se détournent, déçus une fois de plus, laissés à eux-mêmes pour s'en sortir. »
Ces propos démontrent, je le pense bien, une volonté de respecter sa parole mais, avec les hommes politiques sait-on jamais…
Ce sont les lobbies qui essaient de lui compliquer la tache pour certaines réformes.

Tonton, c'est quoi un lobby ?
Un lobby est un groupe de pression, c'est-à-dire des gens organisés partageant les mêmes intérêts et qui essaient par des actions discrètes, ou visibles, d'influencer les décisions politiques afin qu'elles aillent dans le sens de leurs intérêts à eux.

Même si ça ne profite pas à tout le monde !
Même si tout le monde n'y gagne pas quelque chose. Il y a néanmoins des lobbies qui se battent pour les gens, par pour eux-mêmes.

Tu peux me donner un exemple de lobby ?
Il y a, aux Etats-Unis, le lobby des armes à feu qui militent contre l'interdiction de leurs ventes libres. Ce lobby gagne beaucoup d'argent dans la vente des armes, peu importe qu'à cause de leurs achats et de leur port libre, il y ait beaucoup de personnes, de jeunes tués dans le pays.
Il y a ici en France le lobby qui se bat pour la culture des OGM, par exemple le maïs transgénique, qui est une semence modifiée, donc pas naturelle. Et contre ce lobby, José Bové et ses amis se battent.

Les Bové, eux sont donc contre ce genre de maïs ?
Justement !

J'ai compris !
Je reviens donc aux promesses d'Obama ! C'est important ! Ca permet, dans un ou quatre ans, de voir ce qu'il a pu faire.
Prenons le sujet de la fiscalité. Il a promis des baisses d'impôt à 95% des américains, c'est-à-dire les foyers qui gagnent moins de 250 000 dollars par an. Les Républicains et même certains économistes pensent qu'en ces temps difficiles aux Etats-Unis et le niveau d'endettement du pays, il ne pourra pas respecter toutes ses promesses.
Pour la santé, il veut créer une assurance maladie universelle pour permettre à 47 millions d'Américains privés de pouvoir se soigner.

47 Millions de personnes !

Ah, oui, la puissance américaine a aussi ses injustices, ses exclus, ses pauvres. Barack Obama est surtout attendu sur ce chantier de la justice sociale. Si la promesse des baisses d'impôt est évaluée à 360 milliards de dollars, celle sur la grande réforme de la santé doit coûter environ 900 milliards sur dix ans.

Il a aussi promis d'investir dans l'immobilier pour aider les Américains qui ont perdu leurs maisons à cause de la crise. Il y a beaucoup de difficultés dans ce secteur. Il veut se montrer aussi plus respectueux de l'environnement. Il veut donc encourager les investissements dans les énergies renouvelables. Il vient d'ailleurs de nommer comme secrétaire à l'énergie, Steven Chu, 60 ans, qui est un fils d'immigrants chinois et prix Nobel de physique.

Il a hérité d'une Amérique en difficultés tant sur le plan économique, financier que sur le plan de la sécurité et même de l'image du pays. Il y a tellement d'espoirs placés en lui ! C'est difficile, je dirais même impossible, Albert, de satisfaire tout le monde. La réalité du pouvoir est la vérité mais je crois aussi au pouvoir de la volonté de changer les choses !

Est-ce qu'il va faire tout ce qu'il a promis ?

Albert, il est parfois très difficile de faire tout ce qu'on promet. Moi, je te promets souvent des choses que je finis par te donner. A défaut de tout faire, Obama montre tous les jours qu'il a la volonté de faire, de changer les choses, de tenir ses promesses.

Il a pris une décision pour fermer Guantanamo.

Il a encadré les bonus des patrons d'entreprises qui ont bénéficié de l'aide de l'Etat. Il a pris des mesures contre le réchauffement climatique. Il a nommé un émissaire pour le problème israélo-palestinien. Obama ne cesse d'inviter l'Iran à saisir sa main tendue pour négocier sur le dossier du nucléaire.

Il a nommé des Noirs, des Latinos et même des Asiatiques à des postes importants de responsabilité pour prouver que tous les Américains sont égaux en droits et en devoirs.

Son plan pour la sécurité sociale a été adopté dans des conditions difficiles au Congrès mais il est passé malgré les réticences de certains sénateurs.

Jacques Chirac, l'ancien président français, disait qu'en politique, les promesses n'engagent que ceux qui les croient. C'est désespérant mais c'est souvent la triste réalité des promesses oubliées. Le temps des élections n'est pas celui des décisions. Le discours des élections et la réalité des dossiers, des enjeux, du pouvoir font que beaucoup d'hommes politiques, une fois arrivés au pouvoir, rectifient, réajustent, aménagent ou abandonnent leurs promesses. Cela peut aussi être le cas d'Obama sur certains sujets. Il est, avant tout, un homme, un être humain avec ses qualités et ses défauts. Il y a aussi l'évolution des Etats-Unis comme pays et celle du monde. Tu as vu l'intrusion de la crise financière dans la campagne américaine ! Beaucoup d'événements significatifs imprévus peuvent arriver. Ce sont des difficultés liées à la réalité du pouvoir. Un dirigeant peut même être de bonne foi, sincère et honnête au moment des promesses électorales mais des changements importants, des réalités inattendues peuvent le détourner de son programme.

Obama n'échappera pas à cette règle qui fait qu'un dirigeant peut rarement tenir toutes ces promesses

même s'il est de bonne foi. Tu vois ici en France le cas du pouvoir d'achat avec Nicolas Sarkozy ! Ca été un sujet majeur de la campagne présidentielle française de 2007. Dans les sondages d'opinion, les français tiennent rigueur à Sarkozy sur ce thème assez médiatique. Le président français a tellement martelé son « travailler plus pour gagner plus » qu'il a été assimilé au pouvoir d'achat. Il a d'ailleurs dit, à ce sujet, qu'il sera le président du pouvoir d'achat.
Tiens ! Voici ce que le président du Brésil a dit de la présidence Obama

Le même Brésil du Foot ! Le pays de Ronaldihno !
Justement, petit mordu de foot ! Alors, le président Lula du Brésil, dans une interview au journal français L'Express du 18 Décembre 2008 a dit ceci : « S'il n'obtient pas de résultats d'ici à un an, le monde entier va lui tomber dessus. C'est pourquoi je suis optimiste. Car personne autant que lui n'a intérêt à réussir sa présidence. »
Ces propos du président brésilien, Luiz Inácio Lula da Silva, confirment bien que Barack Obama est bien attendu au tournant, c'est-à-dire qu'on ne lui fera pas de cadeaux s'il échoue.
Je crois en lui et je pense qu'il va bien travailler même s'il ne pourra pas faire tout ce qu'il a dit. Comme lui-même l'a dit, quatre ans passent assez vite.

Qu'est-ce qu'il va faire pour l'Afrique ? Tu n'en as pas parlée, tonton !
Obama a prononcé un discours important au Caire en Egypte. L'Egypte est certes en Afrique mais ce discours s'adressait au monde musulman au nom du dialogue des civilisations et des religions.

Quant à l'Afrique subsaharienne, il a effectué son premier voyage de président au Ghana au mois de Juillet 2009 où il a aussi prononcé un discours important.

Qu'est-ce qu'il a dit ?
Il a tout simplement dit que les Africains doivent prendre leur destin en main, que personne ne développera l'Afrique à leur place. Il a clairement affirmé son soutien à la démocratie, d'où le choix du Ghana, un bon modèle démocratique.
Il a également précisé que les Etats-Unis aideront ceux qui veulent bien s'en sortir avec la bonne *gouvernance*, c'est-à-dire bien gérer le pays en luttant contre la corruption. Les Etats-Unis soutiendront également le continent pour ce qui concerne le commerce et la lutte contre les maladies comme le sida ou le paludisme.

Il n'était donc jamais allé en Afrique avant les voyages de l'Egypte et du Ghana ?
Tu as oublié Albert. Nous l'avons déjà vu qu'Obama est allé en Afrique deux fois avant d'être président !

Oui, c'est vrai. Il est allé jusqu'au village de sa grand-mère au Kenya.
Justement !
Ah, je me souviens d'un de ses voyages en Afrique, il y a 3 ans.
Le 28 Août 2006, il a prononcé un beau discours lors d'un voyage au Kenya. Dans ce discours, à l'université de Nairobi devant les étudiants, le sénateur à l'époque, disait ceci : « Mais en dépit de tous les progrès accomplis, nous devons honnêtement reconnaître que ni le Kenya ni le continent africain n'ont encore vraiment réalisé ce

qu'ils promettaient... et que la véritable libération reste à venir. »
Ces paroles mettent le doigt sur l'échec du leadership en Afrique, la corruption, la pauvreté tout en invitant la jeunesse à accomplir son devoir de génération.
Le Président du Sénégal Abdoulaye Wade, tout en saluant son élection, dans une interview dans le journal le Progrès, dit ceci :
« J'espère que le président Obama saura accorder une place aux Africains dans les médiations internationales, et au Fonds Monétaire International. Pour le reste, nous ne lui demandons rien. Qu'il se consacre à redresser la situation extrêmement difficile dans laquelle se trouve son pays. Qu'il soit un bon Américain. Je ne souhaite pas qu'il se consacre à l'Afrique, car s'il échoue, les gens diront : « Ce n'est pas un Américain que l'on a élu, mais un Africain ». »
Wade est en train de dire tout simplement que Barack Obama est d'abord le président des Américains, élus par eux pour apporter des solutions à leurs problèmes. Ce qui n'est pas faux. Le président sénégalais n'est pas contre le fait qu'Obama fasse quelque chose pour l'Afrique mais sait que les Etats-Unis, en toute logique, constituent la priorité du nouveau président. Et je ne suis pas loin de partager cette idée. C'est même une évidence.
Il est vrai que l'Afrique est importante pour le président américain en raison de ses racines africaines. Je pense qu'il sera plus à l'écoute du continent mais n'y fera pas de miracle. C'est aux Africains de faire des propositions et Obama pourra accompagner les initiatives fortes.
J'ai oublié d'ajouter qu'Hillary Clinton a fait un long voyage de 11 jours en Afrique au mois d'Août 2009

où elle a visité sept pays (le Kenya, le Libéria, le Nigeria, la Rdc, l'Afrique du sud, l'Angola mais aussi le Cap Vert).
Elle a confirmé l'intérêt des Etats-Unis pour le continent.
Il reste aussi vrai que les Etats-Unis se soucient de leur approvisionnement en pétrole, d'où le choix de l'Angola ou du Nigeria.
A mon humble avis, les Etats-Unis doivent aider l'Union africaine.
En aidant l'Union africaine, il aide toute l'Afrique. L'avenir en Afrique passe par l'union. C'est le premier secret de la puissance des Etats-Unis. Albert, unis, les pays africains seront plus forts !

C'est quoi l'Union africaine ?
Très bonne question ! L'Union africaine est une organisation panafricaine, c'est-à-dire mise en place par et pour tout le continent afin de penser et de réaliser son unité. Avant, c'était l'O.U.A., l'organisation de l'unité africaine, que l'on a jugée inefficace.

L'Union africaine est-elle efficace alors ?
Elle est critiquée mais disons qu'elle s'est dotée d'institutions que l'OUA n'avait pas. Elle est plus ambitieuse. Son siège est à Adis Abeba qu'on peut considérer comme la future capitale des futurs Etats-Unis d'Afrique. Elle est dirigée par une présidence tournante, entre chefs d'Etat, en exercice, et un président de commission, une forte personnalité africaine, pas forcément un président.

Les Etats-Unis d'Afrique, c'est possible ?
Albert, l'union est bien possible si les Africains la veulent bien. L'union changera le destin du continent et le rendra plu fort.

On parle souvent d'un grand plan de développement de l'Afrique comme l'Europe et le plan Marshall, financé par les Etats-Unis, après la seconde guerre mondiale pour aider justement l'Europe à relever la tête. Le président américain peut aider, avec les partenaires européens, au financement d'un tel plan conçu par les Africains eux-mêmes. Enfin, Obama entre à la Maison blanche à un moment difficile. Ce qui ne lui facilite guère la tache.
N'oublie surtout pas ces deux évidences !

1- La priorité d'Obama reste bien les Etats-Unis ;
2- L'Afrique ne se développera que par les Africains eux-mêmes.

Avec Obama ce sont les Noirs qui ont tous gagné ?

J'ai entendu un monsieur dire ceci : « Obama, c'est comme Moïse sur le mont Sinaï ! Obama, c'est le Moïse du peuple noir. »
Il est vrai que c'est un événement important pour les Noirs mais cette belle victoire appartient à l'humanité tout entière. Disons à tous ceux qui ont vibré avec l'Amérique lors de cette campagne historique.
Cette victoire est celle de l'humain sur la race, de la fraternité sur le racisme, de la tolérance sur l'extrémisme, du travail sur la résignation, du mérite sur le cadeau. Sa victoire appartient à tout le monde : Blancs, Noirs ou Jaunes.
Ce ne sont pas les Noirs seuls qui l'ont élu, même si beaucoup de Noirs américains ont voté pour lui. Il a été élu par les Américains, je dirais par le monde entier tant il y a eu de partout le monde une passion inédite, une vague d'enthousiasme et d'espérances.

Obama, il va donc continuer à donner beaucoup de places aux Noirs avec la discrimination positive ?

Il a déjà nommé des Noirs à des postes importants mais attention ! L'« affirmative action » est en perte de vitesse aux Etats-Unis. Beaucoup pensent qu'elle est, en tant que politique, dépassée aujourd'hui dans la mesure où l'Amérique a fait beaucoup de progrès dans l'égalité des chances et dans la justice sociale. Et ce sentiment de plus en plus partagé et répandu, existe bien avant son élection.

Cela va peut-être t'étonner ! Certains Etats américains comme la Californie, le Michigan ou le Nebraska ont déjà mis fin à l'affirmative action.

Même des Noirs pensent qu'en continuant avec cette politique, cela va contribuer à réveiller le racisme ou le réflexe ségrégationniste chez certains Blancs qui vont opter également, de manière douce, pour une solidarité entre Blancs.

Obama, lui-même n'a pas hésité à dire pendant la campagne électorale que ces filles, Malia et Sasha, ont eu la chance d'être nées dans « un milieu privilégié », c'est-à-dire de parents qui ont des revenus importants, Michelle et lui, et que ce ne sera pas normal ou juste que ses filles profitent des avantages liés à la couleur de leur peau tant dis que des enfants de Blancs pauvres ne peuvent pas en profiter autant.

Barack Obama, tout en ayant reconnu que l'affirmative action a eu des résultats salutaires, pense qu'elle ne doit plus être une priorité et que la couleur de la peau ne doit plus être un instrument de promotion !

Mais attention ! Il veut que les acquis soient préservés sinon renforcés. C'est pourquoi, il n'a

pas hésité à nommer comme Attorney general, c'est-à-dire ce que nous appelons ici en France ministre de la justice, Eric Holder, un Noir, Afro-américain. Ce qui est une première aux Etats-Unis, un Noir à ce poste important.
Cette nomination s'appuie aussi sur le mérite parce que ce monsieur, Eric Holder, était le numéro 2 du même ministère quand Bill Clinton était président. Il connaît donc bien ce ministère, en a l'expérience et est compétent pour le diriger.
Obama a également nommé une de ses conseillères noires, Susan Rice, comme ambassadeur des Etats-Unis à l'ONU. Sans oublier le patron de la NASA qui est également noir.
Albert, tu remarques donc que pour Barack Obama, il ne s'agira pas de faire de la Maison blanche, la maison des Noirs, mais plutôt celle de l'Amérique du mérite et de l'égalité des chances.

Tonton, j'entends des rappeurs dire qu'ils sont fiers d'être Noirs. Est- ce que je dois être fier d'être Noir ?

Je te dirais plutôt : « assume-toi ! » A-t-on besoin d'être fier de la couleur de sa peau ? Je ne le crois pas. Je crois plutôt qu'il faut s'accepter, s'assumer, se battre pour faire de bonnes choses dont on peut être fier. On doit donc être fier de qu'on fait comme bonne action, bonne œuvre. Je suis content de ton comportement comme garçon sérieux et travailleur à l'école. La couleur de ta peau n'a pas d'importance à mes yeux même si tu dois l'assumer.
Je comprends ces rappeurs mais je pense que tu n'as pas à être ni honteux ni fier d'être Noir. Tu es Noir et cela s'assume sans crier.

N'oublie pas ce qu'il a dit à propos de l'affaire du pasteur Jeremiah Wright. Il parlait de ce poids du passé, de cette rancune chez beaucoup de Noirs américains, les empêchant de faire les alliances nécessaires pour progresser, c'est-à-dire pour arriver au pouvoir et avoir une société américaine réconciliée et plus juste.
Ma petite idée, Albert, est que la race ne doit être ni un handicap ni un passe droit.
Il y a d'ailleurs un grand écrivain africain, du Nigeria, qui s'appelle Wole Soyinka. Il a obtenu le prestigieux Prix Nobel de littérature. Wole Soyinka a dit une phrase célèbre : « Le tigre ne doit pas proclamer sa *tigritude.* » Il veut tout simplement dire qu'il suffit d'être Noir. Si l'on l'assume, on n'a plus besoin de le proclamer. Le tigre sait déjà qu'il est tigre. Et plutôt que de dire qu'il est tigre, il bondit sur sa proie et le dévore. Je vois que ça te fait rire !

Tonton, mais ça fait vraiment rire ! Il est drôle, ce monsieur !
C'est donc pour te dire que tu dois travailler, mériter et réussir. C'est cela l'essentiel. Je te cite la sagesse d'un autre monsieur, René Char qui a dit ceci : « L'essentiel est sans cesse menacé par l'insignifiant. »
Cela signifie, qu'au lieu de perdre ton temps sur ce qui n'est qu'insignifiant, travaille sur l'essentiel. Plutôt que de proclamer, à coup d'insultes et de rage, que tu es fier d'être Noir, bats-toi et prouve comme Barack Obama que le Noir est comme les autres, qu'il peut réussir, peut tout avoir et que cela n'est pas étonnant ou extraordinaire. C'est ce que je pense, enfin... tu fais ta voie comme tu l'entends.

Est-ce qu'un Noir peut devenir président en France ?

Pourquoi pas ? C'est bien possible même si les réalités françaises sont bien différentes de celles des Etats-Unis! On parle de plus en plus d'un Obama français. J'y crois même si ce sera dans les années à venir.

Albert, avec cette élection historique à la présidence des Etats-Unis, la première puissance mondiale, on ne sera plus trop étonné de voir un Noir ministre des affaires étrangères ou président de la République en France même si la France a encore un long chemin à parcourir ! C'est le tournant du choc psychologique !

En France, le racisme existe et est moins visible mais il se distille en doses subtiles dans les recrutements à l'emploi, les nominations à des postes de responsabilité, l'entrée dans les grandes écoles. La France est tellement en retard sur les questions politiques et de promotion des minorités que la récente nomination d'un préfet noir a été un événement médiatique. Dans les mairies, à l'Assemblée nationale, au Sénat et même dans les postes à l'étranger tels les consulats et les ambassades, il n'y a pratiquement pas de gens de couleur, de minorités, de Noirs ou d'Arabes.

Un sondage IFOP publié par le journal du Dimanche renseigne que 80% des Français sont prêts à voter pour un candidat noir, 72% pour un candidat asiatique et 58% pour un candidat d'origine maghrébine à la présidence de la République.

On peut donc dire que les mentalités évoluent aussi en France mais il faut peut être encore du temps pour voir un Noir à l'Elysée.

Dans un pays où le Front National, le parti de le Pen, est arrivé au second tour des présidentielles en 2002, il ne faut pas tout de suite décréter le grand soir mais ça finira par venir. Restons positifs et optimistes ! Je crois en l'égalité, en la justice sociale ainsi qu'en la fraternité humaine.

On peut donc dire que les Américains ne sont plus racistes puisqu'ils ont élu Barack président ?

Attention, cette belle élection d'Obama ne met pas fin au racisme mais elle constitue une belle gifle contre lui.

C'est étonnant ! Les Américains ont été racistes et ségrégationnistes et viennent d'élire un président noir. Mais, attention, on ne finit pas avec une bêtise comme le racisme avec l'élection du premier Noir à la Maison blanche. Au contraire, certains racistes pourront assimiler les erreurs d'Obama comme dues au fait qu'il est noir !

Les Américains sont allés plus vite qu'on ne s'y attendait. Barack Obama, président en 2008, c'était inimaginable il seulement deux ans. C'est à l'honneur de l'Amérique. Ils ont vite intégré ce passé encombrant dans leur vision afin de corriger le tir avec la discrimination positive. Ils ont su digérer ce passé de manière intelligente. Je ne dis pas que le parcours de Noirs a été de tout repos, au contraire !

On dit qu'il est menacé et qu'il peut être tué par un raciste !

On ne vit pas pour trembler. A force d'avoir trop peur, on se prive de sérénité. Obama est le premier à se comporter de manière sereine comme s'il ne craignait rien pour sa sécurité. Je pense que c'est une bonne attitude. Il doit être le premier à rassurer mais je dois te dire qu'il a fait et continue à faire l'objet de menaces de mort.

La sécurité à 100% n'existe pas, Albert !
Les chiffres montrent qu'il y a des menaces de mort à son encontre mais les services de sécurité veillent au grain.
Il y a malheureusement des imbéciles dans le monde qui continuent de croire en la supériorité d'une race, notamment la blanche sur les autres alors que la science refuse la notion de race. Il y a des racistes aux Etats-Unis et certains ne l'ont pas caché lors des présidentielles américaines. D'autres ont clairement affirmé qu'ils ne voteraient pas Obama parce qu'il est noir. La bataille contre cette bêtise qu'est le racisme n'est donc terminée ni aux Etats-Unis ni ailleurs. Il est certes menacé. Il occupe un poste dangereux, celui de président. Il y a déjà eu quatre présidents américains assassinés dans le passé.

Ah, Bon !
Bien sûr ! Abraham Lincoln, assassiné en 1865, James Garfield, en 1881, William McKinley en 1901 et enfin John Kennedy, assassiné le 22 Novembre 1963 à Dallas.
Sous Bill Clinton, il y a eu des tirs sur la Maison blanche sans oublier les attentats ratés contre Jimmy Carter et d'autres présidents américains.
Barack Obama a déjà fait l'objet de menaces d'assassinat. A quelques jours des élections du 4 Novembre, tu as certainement suivi à la télé l'arrestation dans le Tennessee, un état américain, de deux jeunes néo-nazis, Daniel Cowart, 20 ans et Paul Schlesselman, 18 ans qui projetaient de tuer 102 Noirs et Obama lui-même. Il est donc menacé mais restons positifs et optimistes.
Disons qu'il sera bien sécurisé mais nul n'est à l'abri d'un assassinat.

Excuse-moi encore !
Je t'en prie !

C'est quoi néo-nazi ?
Pour comprendre ce terme, je dois d'abord t'expliquer ce qu'est un nazi. Un nazi c'est quelqu'un qui se réclame des idées racistes et surtout antisémites d'Hitler, un ancien dirigeant allemand qui déclencha la seconde guerre mondiale. Hitler disait que le peuple allemand était issu de ce qu'il appelait la « race aryenne », c'est-à-dire pure et supérieure aux autres. Son racisme était donc dirigé contre tout ce qui était différent, et même contre les Blancs du reste de l'Europe, avant tout contre les Juifs, les Tziganes mais aussi les Noirs. Cette idée de supériorité allemande a fait des ravages et la guerre qui dura de 1939 à 1945 a causé des millions de morts.
Un néo-nazi, c'est donc quelqu'un qui veut encore remettre au goût du jour, c'est-à-dire, relancer les mêmes idées dangereuses. Certains néo-nazis ne se contentent pas de le dire, ils menacent, l'écrivent souvent clandestinement sur les tombes des Juifs, par exemple, ou vont jusqu'à tuer des gens qu'ils détestent.

C'est donc très dangereux, tout ça !
Très dangereux. On ne badine pas avec le racisme. On ne joue pas avec le nazisme. En vérité, ce sont des idiots. Comme je te l'ai déjà dit, il n'y a pas de race supérieure aux autres. La race même n'est pas l'essentiel puisque c'est juste une question certes d'histoire mais de couleur de peau, de trait de visage. Les hommes naissent égaux en droit. C'est vrai que dans la réalité, l'égalité reste un combat et cela n'est pas propre qu'aux rapports entre races. Même entre Blancs

ou entre Noirs, les injustices, les inégalités existent et doivent être combattues pour plus de justice et de d'égalité dans la société des hommes.

Et si Obama était tué ?

Albert, souhaitons d'abord que sa vie demeure sauve en dépit des menaces réelles ou supposées qui pèsent sur elle ! Je suis comme Obama lui-même. Dans des situations pareilles, Albert, il vaut mieux être optimiste tout en étant prudent. Je crois qu'il sera bien gardé et sécurisé et qu'il ne sera pas tué.

Certains avaient juré qu'il serait tué avant les élections du 4 Novembre 2008. Cela fait un an qu'il est à la Maison blanche. Lui-même ne fait pas de sécurité une obsession. Il affiche une allure décomplexée et sereine, se déplace normalement tant à l'intérieur qu'à l'extérieur des Etats-Unis. Alors, osons espérer qu'il ira jusqu'au bout et qu'il mourra tranquille et vieux, en paix, de mort naturelle!

Mais, il peut être assassiné, non… ?

C'est bien possible, enfin…S'il est assassiné, il y aura des troubles aux Etats-Unis et une consternation à travers le monde. Je préfère ne même pas envisager cette éventualité. Je préfère le scénario du meilleur et non celui du pire. Je suis optimiste. Certes s'il est tué, ce sera dommage pour l'image des Etats-Unis mais aussi pour le monde. Son élection qu'on disait impossible est, avant tout, une belle leçon d'optimisme et de courage. Je souhaite que son mandat aille jusqu'au bout et qu'il respecte ses grandes promesses comme il s'y est déjà attelé. Ce sera la victoire, non d'un homme, mais de tous ceux qui ont vibré à son rythme lors de sa campagne, qui ont passé la nuit devant leur télé pour suivre son élection historique.

L'autre soir, je regardais la télé et un journaliste a dit qu'Obama est « le roi du monde » ; est-ce que c'est vrai ?

On peut dire ainsi mais il n'y a pas, en réalité, de roi du monde. Il y a certes des rois et des reines dans certains pays comme l'Arabie Saoudite, l'Angleterre, le Maroc mais Barack Obama est, avant tout, le président élu des Etats-Unis. Je pense que ce journaliste voulait juste dire qu'il est l'homme le plus puissant du monde parce que l'Amérique est la première puissance économique, militaire et diplomatique du monde.

Il est donc le président du monde ?

Si tu veux mais je dirais plutôt qu'il est le président le plus puissant au monde en terme d'influence! Les Etats-Unis demeurent la première puissance économique, militaire et scientifique mondiale. Ils attirent l'épargne du monde, brassent des milliards de dollars, ont l'armée la plus puissante de la planète et contrôlent presque l'ONU où une grande partie des grandes décisions internationales sont prises.

Je te livre des chiffres qui vont te donner le tournis peut-être, mais qui te permettront de mieux comprendre la force des Etats-Unis, surtout leur place privilégiée.

La Californie représente à lui seul, 14% du PIB des Etats-Unis, et pourrait être le 6ème ou la 7ème économie du monde s'il était un pays à part.

Quant au PIB des Etats-Unis, il est de 13000 milliards de dollars, soit 20% du PIB mondial.

Les Américains consacrent, ou dépensent par an, si tu veux bien, 439 milliards de dollars pour leur armée, leur sécurité et leur défense.
Cette grosse somme représente la moitié de toutes les dépenses du monde entier dans ces domaines.
Ils aident le reste du monde avec environ 122 milliards de dollars par an. Une partie est donnée, l'autre c'est la dette à rembourser par les Etats qui en bénéficient.
Mais je dois te dire qu'ils ont de grosses dettes importantes à payer !

Les Américains ?
Oui, ça te surprend ? Les riches et les puissants ont aussi des dettes !
Les Etats-Unis ont d'ailleurs la plus grosse dette du monde qui s'élève actuellement à 10 000 milliards de dollars. On peut dire que les Etats-Unis fonctionnent à crédit car chaque année, ils ont un grand déficit, c'est-à-dire qu'ils dépensent plus qu'ils ne créent, plus qu'ils n'ont.
Barack Obama est puissant mais porte aussi un lourd fardeau.

Tu as parlé du PIB, c'est quoi ?
C'est un peu compliqué mais tout peut s'expliquer et j'espère que tu vas comprendre, toi qui es très curieux et intelligent !
En fait, le PIB, c'est le raccourci de « produit intérieur brut ».
On l'applique aux pays, aux groupes de pays aussi ou au monde entier, non aux individus.
Le PIB, c'est donc, en des termes simples, l'ensemble des richesses créées ou produites dans un pays. Il y a dans cette grande valeur les richesses produites par des entreprises étrangères installées dans le pays.

Dans le PIB de la France, on prend donc en compte les richesses produites par des entreprises américaines ou chinoises en France.
Il y a aussi le PNB, « produit national brut », qui prend en compte à la fois les richesses produites à l'intérieur qu'à l'extérieur du pays par des entreprises du pays.
C'est-à-dire que dans le calcul du PNB de la France, on prend en compte les entreprises françaises, installées dans d'autres pays comme en Chine ou en Côte d'Ivoire.

Si j'ai bien compris, dans le PIB, on ne calcule pas les richesses des entreprises françaises qui sont en Chine ?
Ah, tu as bien compris !
Albert, ton exemple est juste. Ces entreprises françaises en Chine ne sont comptabilisées, c'est-à-dire prises en compte, que dans le calcul du PNB.

Tonton, tu es aussi un supporter d'Obama !
Je crois en lui. Je pense qu'il réussira. Il en a l'intelligence et la sagesse.
Choisir Hillary Clinton pour diriger sa diplomatie prouve qu'il veut rassembler et réussir. Ca confirme également ses qualités d'hommes d'Etat qui n'a pas peur de travailler avec des fortes personnalités autour de lui.
Obama peut parce que, je crois, qu'il veut! On peut généralement quand on a une réelle volonté.

Pendant la campagne, à la boulangerie du quartier, j'ai entendu un monsieur dire ceci avec un air sérieux:
"Obama est un beau parleur mais plus dure sera la réalité."

Peux-tu m'expliquer ces propos ?

Albert, ce n'est pas nouveau, ce genre de propos. Quand quelqu'un parle ou communique bien, on le traite de beau parleur. Il a déjà été traité de poète bien inspiré par les Républicains. Tu sais, après sa victoire, le stratège républicain, Karl Roove, le monsieur qui a aidé Georges Bush à être président, a dit de lui ceci, qui n'est pas loin de ce que tu as entendu à la boulangerie :

« sa campagne avait un large air de poésie, mais il fera très vite face à la réalité qui est, elle, prosaïque. »

Cela signifie que les discours de campagne d'Obama portaient trop d'espérances, de promesses d'une belle Amérique mais que la réalité à la Maison blanche est dure. Karl Roove tout comme ce monsieur n'ont pas totalement tort. Obama sait parler et communiquer.

Ces critiques s'appuient, en réalité, sur deux choses :

- Obama a été le candidat de l'espoir. L'espoir est central dans les discours d'Obama. C'est d'ailleurs, comme nous l'avons déjà vu, le titre d'un de ses livres ;
- il a bien parlé et il a fait des promesses.

Il a commencé à rencontrer des difficultés mais je pense qu'il a la volonté de tenir ses promesses. Les 100 premiers jours à la Maison blanche ont été ceux de grandes décisions s'inscrivant dans le sens du respect de ses promesses de campagne.

Je ne comprends pas pourquoi il a nommé Hillary Clinton à un poste important alors qu'elle l'a beaucoup critiqué!

Barack Obama est un homme politique qui sait donc aussi faire attention à ses propres intérêts politiques et électoraux. Nommer Hillary, c'est faire du *gagnant-gagnant*.

C'est à dire ?

Hillary gagne un poste important et Obama tire profit de la popularité et de l'expérience mais aussi des soutiens de la femme de Bill Clinton, l'ex président démocrate.

La nomination d'Hillary Clinton prouve le pragmatisme du président américain. A ceux qui lui reprochaient son inexpérience, Obama répond en s'entourant de gens expérimentés et respectés. Comme ça, il sera difficile de lui faire le procès de l'inexpérience, de la jeunesse, de la naïveté et du clanisme.

C'est quoi clanisme ?

C'est travailler et s'entourer que des gens de son « clan », de son bord, ses amis, ses potes comme vous les jeunes dites. Obama, lui fait le contraire. C'est pourquoi, tout en nommant certains de ceux qui l'ont aidé dans la campagne, il nomme son ex rivale, Hillary et garde à son poste Robert Gates, le ministre de la défense qui est, lui, républicain, donc pas du même parti que lui. De mon point de vue, c'est bien vu. Il prouve à la fois qu'il est habile mais aussi qu'il reste le président de tous les Américains. Cela confirme d'ailleurs ses promesses de campagne d'une Amérique unie, réconciliée au dé là des partis politiques, des races !

Mais Hillary l'a bien sonné, Obama ! Tonton, moi, je ferais pas pareil en donnant une grande place à quelqu'un qui m'a insulté fort !

Je respecte ton point de vue mais il est, avant tout, un homme politique qui fait aussi des calculs

politiques. Il a ses raisons en nommant son ex rivale à un poste aussi prestigieux.
C'est vrai que les primaires entre Hillary et Obama ont été dures, violentes. On se souvient des deux célèbres phrases d'Hillary qui s'est écriée : « Shame on you, Obama ! » c'est-à-dire « Honte à toi Obama » ou encore quand elle n'a pas exclu la possibilité de l'assassinat du candidat Obama en prenant exemple sur un cas similaire dans le passé.
En vérité, des déclarations, souvent en privé, prouvent qu'Hillary ne croyait pas aux chances de Barack Obama.
L'a-t-elle sous-estimé ? Sûrement !
Tu as raison ! Hillary est nommée au poste important de secrétaire d'Etat, l'équivalent en France du ministre des Affaires étrangères. Elle succède à Condoleeza Rice.
Ne perds pas de vue qu'après la violence des primaires, Hillary tout comme Bill Clinton, son mari, ont fini par soutenir Obama.
Ce soutien s'explique aussi par le fait que les Démocrates ne pardonneraient pas à Hillary si elle avait contribué à le faire perdre. Sa propre carrière serait compromise au sein du parti. La crise financière aidant et les difficultés des Républicains devenues visibles ont aussi convaincu Hillary qu'Obama avait de réelles chances de gagner. Hillary est une femme expérimentée et très intelligente.
Voici ce qu'Obama lui même a dit :
« La nomination d'Hillary est un signe aux amis et ennemis du sérieux de mon engagement à renouveler la diplomatie américaine et restaurer nos alliances... Elle possède une intelligence extraordinaire et une fermeté et une remarquable

éthique de travail. Je suis fier qu'elle soit notre prochaine secrétaire d'Etat. »
En tant que secrétaire d'Etat, Hillary fait déjà un travail exemplaire. C'est une femme dynamique, intelligente et expérimentée. Obama a fait un bon choix. Lui qui vante les vertus du consensus devait le prouver dans son propre camp. Je pense que c'est ce qu'il a fait.

Certains disaient après son élection qu'on lui jetterait des pierres !
C'est une façon de dire qu'on finira par le détester comme cela arrive en politique. Ce n'est pas à exclure. Il reçoit souvent des menaces de morts. Ca arrive mais je pense qu'il vaut mieux qu'on vous jette des chaussures que des pierres.
Moi, je préfère d'ailleurs un jet de tarte !
Là, on n'a que les habits salis ! Ah, petit malin, tu as compris que je parle de Georges Bush ! Ça te fait rire !
Il est habituel qu'on jette des choses à un président, qu'on le critique, voire l'insulte. N'oublie pas que des extrémistes vont jusqu'à vouloir tuer certains présidents.
Il rencontre déjà des difficultés comme tous les dirigeants mais je pense qu'il saura résister aux vents, aux dangers et aux pièges. Etre président n'est pas facile mais c'est encore plus difficile de devenir président. Contre la reforme du système de santé, on a vu des gens protester pas loin de la Maison blanche. C'est aussi une manière démocratique de dire qu'ils ne sont pas d'accord avec Obama. Je trouve cela normal. Ce n'est d'ailleurs pas nouveau. Contre la guerre en Irak, beaucoup d'Américains avaient manifesté mais George Bush n'a pas cédé.
Tiens, toi qui aimes les proverbes !

Je les kife, tonton !
Alors, quand elle avait des difficultés, Rama Yade, notre secrétaire d'Etat aux droits de l'homme, a dit sur RTL deux proverbes que j'ai beaucoup aimés, qui m'ont fait marrer, quelques bonnes secondes.

Lesquels ?
Elle a dit ceci : « On ne jette des pierres qu'à l'arbre qui porte des fruits. »
Cela signifie que si tu ne vaux rien, personne ne t'en voudra mais si tu sais faire des choses, que tu es entreprenant, tu te feras des adversaires, et même des ennemis.
Le second proverbe dit ceci : « C'est en mer agitée qu'on reconnaît la qualité du bois du bateau. »
Ce qui signifie que c'est dans les moments difficiles qu'on reconnaît le courage et le caractère d'un homme ou d'une femme.

C'est très drôle !
Tout un enseignement !

Je n'ai pas compris pourquoi au début, on disait qu'il travaillait bien et après…
Tu veux dire qu'il a eu des difficultés ?

C'est ça !
Et bien, les choses ne restent jamais pareilles. Le monde change, les circonstances évoluent, les situations peuvent s'améliorer ou se compliquer. Les hommes doivent aussi changer et s'adapter aux nouvelles situations. Barack Obama n'a pas eu de difficultés majeures durant ses premiers mois à la Maison blanche. On a même dit qu'il a su se comporter en président plus facilement, qu'il a su porter avec facilité ses habits de président et

jouer aisément son rôle de dirigeant avisé à la Maison blanche. N'oublie surtout pas la situation difficile du monde et des Etats-Unis quand Obama entrait à la Maison blanche.
Les choses ont commencé à se compliquer pour Obama début Août 2009. Il y a eu la montée du chômage, les difficultés des Américains liées à la crise économique, l'affaire de l'ami d'Obama, professeur à Harvard, les méfiances de certains sénateurs à propos de son projet de reforme de l'assurance maladie. C'est ainsi que les Américains ont commencé à douter de la capacité de Barack Obama. Les sondages qui mesurent la côte de popularité ont commencé à prouver cette méfiance, ce doute.

Douter de lui ?
Disons que Barack Obama en tant que personnalité publique reste populaire. Les Américains le trouvent sympathique, travailleur, volontariste, c'est-à-dire déterminé à changer les choses. Ils ont seulement des doutes sur sa politique, sa capacité à faire passer ses projets de reforme. Albert, on peut avoir la volonté sans pouvoir être capable de changer les choses. Cela demande un savoir- faire.

Obama ne sait donc pas faire ?
Ce n'est pas aussi simple comme tu l'affirmes. Il a déjà démontré à maintes reprises qu'il était un bon politicien qui sait autant communiquer que faire. Son grand discours au congrès le 9 Septembre 2009 sur la reforme du système de santé a prouvé qu'il savait rebondir et affirmer son autorité et son leadership. Il n'est pas le mou et le doux qu'on croit à tort. Il sait aussi élever le ton quand il le faut.

Ce discours l'a bien aidé dans cette reforme historique qui permettra désormais à des millions d'Américains de bénéficier d'une assurance santé et de pouvoir se soigner.

J'ai entendu dire que l'état de grâce est terminé pour Obama. Qu'est ce que ça veut dire ?
Cela signifie tout simplement qu'il commence à avoir des difficultés, que l'opinion américaine commence à être plus exigeante. Que les gens veulent des résultats au dé là des beaux discours de volontarisme. Le plan de relance de l'économie c'est-à-dire le plan anti-crise a tardé à produire des résultats. Or chacun veut constater les résultats de l'amélioration dans sa poche, sur son compte.
On attend souvent trop de choses des présidents alors qu'ils ne peuvent tout faire.

Obama a donc menti aux gens!
On ne peut pas dire cela. Ce qu'on peut dire sans hésitation, c'est qu'il a promis comme tout candidat à une élection présidentielle. Il a aussi déjà prouvé qu'il voulait réellement respecter ses promesses de campagnes. Il essaie tous les jours de le démontrer en tout cas tant dans ses discours, ses initiatives que dans ses actions. C'est pourquoi il reste populaire même si sa cote a connu une chute indéniable. Il y a donc le temps de l'état de grâce et le temps de l'exigence. C'est légitime et normal que les électeurs exigent des résultats à ceux qu'ils ont élus.

On peut dire que les gens sont déjà déçus de Barack Obama ?
Albert, seront toujours déçus ceux qui avaient oublié que Barack Obama était et n'était qu'un homme et le restera. Il n'est ni un dieu ni un ange.

Autant il prône la paix, autant il est prêt à renforcer les troupes américaines en Afghanistan dans la guerre contre le terrorisme. Son objectif premier n'est-il pas de défendre les intérêts des Etats-Unis ? Seulement il veut le faire avec plus de pédagogie, plus de dialogue c'est à dire avec moins d'arrogance tout simplement.
On peut donc bien dire que certains sont évidemment déçus et d'autres continuent d'approuver son action, voire de le soutenir.
L'homme Obama plaît et séduit encore mais certaines de ses décisions ne conviennent pas à tous. Ce qui est normal d'ailleurs !
Une chose est sûre, tout le monde a maintenant compris qu'Obama n'était qu'un homme, qu'il est et restera un homme, incapable de faire des miracles. Un homme qui a néanmoins la ferme volonté de changer les choses, des faire autrement la politique. Un homme motivé et travailleur tout de même ! On peut dire qu'il a le souci du pays, de son avenir. C'est pour quoi sa cote de popularité, malgré les difficultés, n'a pas fondu. Elle reste encore solide.

Son voyage en Afrique a-t-il servi à quelque chose ?

En Afrique, Obama n'est pas considéré seulement comme le président des Etats-Unis mais comme un fils du continent en raison des origines kenyanes de son père.
Il n'était certainement pas parti en Afrique ni pour donner de l'argent ni pour faire des miracles. J'ai aimé son discours d'Accra, capitale du Ghana. En disant aux Africains de prendre leur destin en mains, de compter sur leurs propres forces, de bien gouverner en gérant bien leurs ressources, en luttant contre la corruption, à accepter et renforcer

la démocratie, Barack Obama a parlé en frère, en fils et en ami. Il a dit la vérité, l'évidence. Les Africains le savaient déjà, ces vérités mais dites par une personne qui s'appelle Barack Hussein Obama, président noir des Etats-Unis avec un père kenyan, cela a un autre sens, une autre portée.

Il est donc allé faire la leçon aux Africains ?
Tu n'as pas tort jeune garçon!
Tout discours politique contient un côté critiquable. Barack Obama s'est néanmoins placé du côté des peuples que de celui des dirigeants, du côté des institutions fortes que de celui des hommes forts ! Il n'a pas caché que l'une des sources du malheur du continent était le refus de la démocratie et de la bonne *gouvernance*. Quand on est pauvre, l'on doit mieux gérer le peu qu'on a, surtout quand les puissances étrangères vont piller et prendre leur part du gâteau africain.
Obama a proposé un partenariat responsable aux Africains.

C'est-à-dire !
Le *gagnant-gagnant* !
Ce qui est sans langue de bois, c'est-à-dire sans hypocrisie. Une manière de dire que les américains ont des intérêts en Afrique mais que l'Afrique doit tirer profit des partenariats qu'elle signe. L'essentiel reste néanmoins la démocratie et la bonne *gouvernance*, c'est-à-dire respecter le droit des peuples de choisir les dirigeants de leur choix et surtout de bien gérer et de ne pas confisquer le pouvoir au profit d'un seul homme, d'un clan ou d'une ethnie. C'est pourquoi il a dit que « ***l'Afrique a besoin non d'hommes forts***

mais plutôt d'institutions fortes. » J'ai personnellement aimé cette phrase.

Qu'est-ce qu'Obama voulait donc dire !

L'homme fort meurt, les institutions fortes demeurent et permettent de mettre le pays à l'abri des troubles et de continuer à fonctionner normalement même après le départ ou la mort du président.

A sa suite Hillary Clinton, la secrétaire d'État, l'équivalent du ministre des Affaires étrangères aux Etats-Unis, a fait sept pays et a promis un partenariat commercial permettant aux Africains de vendre plus facilement leurs produits aux Etats-Unis.

Le commerce peut être un levier du développement si l'on vend plus de produits manufacturés et industriels.

C'est quoi une institution ?

Bonne question, Albert !

Une bonne démocratie s'appuie sur de bonnes élections transparentes et des institutions fortes issues de ces élections. L'assemblée nationale ou le sénat constituent des institutions.

On dit que la France fait n'importe quoi en Afrique. Les rappeurs le chantent. Les Etats-Unis, eux ne font rien de grave en Afrique ?

Très bonne question, Albert !

Les Américains ont aussi leurs crimes et leurs cadavres en Afrique mais il faut dire qu'ils n'ont pas colonisé le continent.

Eux-mêmes ont été d'ailleurs colonisés par les Anglais comme nous l'avons déjà vu.

Ah bon ! Ils ont aussi fait du bazar en Afrique ?
Bien sûr ! Les Américains sont de quelque chose dans l'assassinat de l'ancien premier ministre congolais Patrice Emery Lumumba dans les années soixante. Ils ont aussi soutenu le dictateur Mobutu du même pays qui a saigné et pillé son pays. Cette dictature est l'une des causes de la situation catastrophique de ce pays pourtant très riche en minerais.
Ils ont soutenu l'ex rebelle Jonas Savimbi en Angola dans sa guerre contre le Gouvernement légal de ce pays. Et cette guerre a causé des millions de morts.
Les Américains restent encore influents en Afrique dans des pays tels le même Congo devenu par son changement de nom la RDC, l'Angola, le Rwanda, l'Ouganda, le Nigeria et la Guinée Equatoriale où il y a beaucoup de pétrole.

Mais c'était avant Obama !
C'est vrai mais l'État est une continuité c'est à dire que Barack Obama est aussi le prolongement de l'Histoire américaine même s'il a une autre vision. Une chose est sûre, il défend les intérêts des Etats-Unis en Afrique surtout dans les pays où il y a du pétrole, ressource dont les Etats-Unis ont besoin pour leur économie.

Qu'est ce qui a marché ou pas marché depuis que Barack Obama est président?
Cela résumera, en grands traits, certaines choses que je t'ai déjà dites en détails mais c'est une très bonne question, jeune garçon !
Alors, commençons par ce qui me semble positif ou salué par les Américains :
Obama a facilement su porter ses habits de président c'est à dire qu'il n'a pas montré des

débuts difficiles pour assumer sa tache. Il s'est vite adapté à la fonction de président, coupant court aux accusations concernant son manque d'expérience durant la campagne présidentielle.
Dès ses premiers jours à la Maison blanche, Obama, par ses nominations, ses décisions notamment la fermeture de Guantanamo même si elle n'est pas totalement effective a prouvé qu'il était décidé à respecter ses promesses de campagne.
Il s'est tout de suite occupé de la crise économique avec son plan. Même si la crise continue Obama a pu empêcher l'effondrement des banques, de l'économie américaine. Il a aussi su et pu rassurer l'opinion américaine sur le fait que la crise n'était pas insurmontable c'est à dire qu'elle pouvait être vaincue.
Il a aussi démontré qu'il voulait gouverner avec toute l'Amérique comme il a tenté de faire voter son plan anti crise à la fois par les Démocrates que par ses adversaires Républicains. Ceux ci ont refusé de le voter mais il a été adopté par le camp d'Obama. S'il n'avait pas tenté cette recherche de consensus, on lui aurait reproché son clanisme contrairement à ses discours de campagne. C'est la même stratégie de recherche de consensus avec la réforme du système de santé.
Il a aussi pris des mesures en faveur de la protection de l'environnement.
Au plan international, Obama a tendu la main à l'Iran comme il l'avait promis durant la campagne, démontrant sa volonté de dialoguer plutôt que de faire la guerre à propos du nucléaire dans ce grand pays musulman. Au Caire, en Egypte, il a d'ailleurs tendu la main à l'ensemble du monde musulman. Il a aussi été critiqué par les défenseurs des droits

des Femmes, pour ses propos sur le voile, là, Caire.
Il a aussi compris que l'Irak ne serait jamais stabilisé et apaisé tant que les militaires américains y seront, d'où la décision de leur retrait.
Quant au conflit israélo-palestinien, en nommant un envoyé pour cette région, il souhaite aider Israéliens et Palestiniens à signer un accord et vivre désormais en paix, dans deux Etats souverains qui vivent en voisins réconciliés.
A la Russie et à la Chine, considérées comme des puissances rivales des Etats-Unis, Obama a aussi tendu la main et veut d'ailleurs un grand partenariat avec la Chine.
Nous avons aussi vu qu'en Afrique, plus précisément au Ghana, il souhaite une Afrique debout et respectée qui se développe par ses propres forces et ses propres moyens en s'appuyant notamment sur la démocratie, la bonne gouvernance mais aussi le commerce.
Tout ça est beau mais reste difficile mais n'est – ce pas mieux que la guerre comme en Irak sous George Bush ?

Il se débrouille donc pas mal, le mec !
« Le mec », comme tu dis, Albert !

Alors qu'est-ce qui n'a pas marché ?
Malgré la volonté et l'habilité d'Obama, on lui reproche bien sûr des choses à juste titre d'ailleurs.
On pense par exemple que son plan contre la crise économique tarde à porter ses fruits même s'il a permit d'éviter un effondrement de l'économie américaine. Le chômage continue de progresser avec les licenciements.

On lui reproche aussi de chercher à faire trop de consensus, ce qui dénote d'un manque de courage. Chercher à avoir un consensus sur tous les dossiers peut être une stratégie qui lui fera perdre trop de temps.
On reproche également à Obama de trop parler dans les médias et de paraître aussi moraliste, c'est à dire un peu donneur de leçons.
Par exemple, à propos de la réforme du système de santé, Obama semble avoir minimisé la fronde contre sa reforme, c'est-à-dire qu'il ne savait pas que tout ce beau monde allait s'opposer à ce qu'il change le système de santé des Etats-Unis.
Pour le problème israélo-palestinien, beaucoup lui reprochent d'avoir choisi une mauvaise stratégique. C'est à dire qu'il devait contribuer rapidement à arracher un plan respecté par les deux parties, voire à en proposer plutôt que de continuer à demander aux Israéliens de cesser la colonisation et aux Palestiniens de cesser les attentats. A long terme, faute de plan concret et de négociations, les attaques entre les deux camps peuvent bien reprendre.
Je partage la plupart de ces critiques. Le temps passe vite, surtout que le mandat américain ne dure que quatre ans même s'il peut être renouvelé en 2012.

J'ai appris beaucoup de choses mais, tonton, j'ai encore quelques questions !

Ne te gêne pas, Albert ! Je suis à ta disposition ! Avec Obama, on ne s'ennuie pas !

Est-ce que je peux être comme Barack Obama, c'est-à-dire devenir un jour président de la France ?

Bien sûr que c'est possible. Après Obama, un tel exploit n'est plus impossible. Obama est un démenti au pessimisme.

Pour réussir, Albert, sois d'abord toi-même !

Déjà, si tu n'as pas honte d'être Noir, c'est déjà un grand pas. Et si tu peux être convaincu que l'intelligence n'a rien à voir avec la couleur de la peau, ce sera un deuxième grand pas. Il faut accepter sa couleur de peau, son histoire mais aussi bien travailler. Ne compte d'abord que sur toi-même avant de compter sur les autres. Autant la « race » n'est pas l'essentiel, autant il faut s'accepter et s'assumer.

Qui veut, peut.

Certes, c'est assez court mais tout part de l'ambition. Le reste est une question de persévérance, d'intelligence et d'organisation. Qui aurait parié, il y a deux ans, sur Barack Obama pour devenir président des Etats-Unis ? Le dire en

2006 serait passé pour une folie. Lui-même réalise-t-il ce destin extraordinaire dont il est le héros ? Je pense que lui-même a dû être étonné, un moment, de son propre parcours fabuleux.
Chaque homme, chaque femme est une singularité tout en partageant des choses avec les autres hommes. Chacun est lui-même. Obama a gagné parce qu'il a ce brin de particularité qui lui est propre. C'est ce qu'on appelle l'originalité. Sois donc d'abord toi-même avant de t'inspirer des bons modèles.
Je te dis ça parce que c'est très important. Le chemin le plus sûr de réussir, d'arriver, c'est d'être soi-même, de ne pas chercher à être quelqu'un d'autre. Tu dois avoir ton originalité, ta particularité, ce qui ne t'empêchera pas de t'inspirer des bons modèles. Obama ne se réclame t-il pas des anciens présidents américains Lincoln, Roosevelt ou Kennedy ?
Albert, c'est toi qui termineras notre long voyage dans le monde de Barack Obama ! Je ne t'ai dit que ce que je pensais. Tu as et auras ta manière, à toi, de voir les choses. Tu prends ce qui te pense bon dans les quelques conseils que je t'ai donnés.
Tout est relatif, Albert, et personne ne détient la vérité absolue ! Alors, à toi de me dire ce que tu retiens de notre ballade dans le monde d'Obama !

C'est vrai, Tonton, j'ai bien aimé notre causerie sur Obama. C'était passionnant ! Comme un film ! Obama est le héros, George Clooney !
A l'école comme dans la cité, je peux maintenant, moi aussi, expliquer beaucoup de choses sur Obama. Je vais bluffer mes potes. C'est moi qui vais leur expliquer qui est Barack Obama et pourquoi il a gagné.

J'ai bien compris tes explications simples et claires. Obama a gagné parce qu'il a bien travaillé et a mérité la Maison blanche.
Il n'a pas passé son temps à défendre que les Noirs et a dit qu'il est le président de tous les Américains.
Je peux aussi être comme lui, même devenir président de la France si je travaille bien à l'école.
Oui, tu peux ! Si tu le veux bien ! Compte toujours sur toi- même avant de compter sur les autres ! C'est la clé du succès !
Et, je voudrais, au terme de notre voyage, notre belle ballade, dans le monde de Barack Obama, te citer les propos d'un grand monsieur, courageux, sage et surtout tolérant. Le grand Nelson Mandela qui a salué la belle victoire d'Obama en ces termes :
« Votre victoire a montré que personne ne doit avoir peur de rêver de changer le monde pour le rendre meilleur.
Nous prenons acte de votre engagement à soutenir la cause de la paix et de la sécurité dans le monde, et nous nous en félicitons. Nous sommes convaincus que vous donnerez également mission à votre présidence de combattre partout le fléau de la pauvreté et de la maladie… »

A l'école, on nous a parlé de Mandela. Un héros courageux !
Tu as raison, Albert. Mandela est un vrai héros et un bon modèle. Un exemple pour moi aussi.
Ces mots de Nelson Mandela que Barack Obama considère comme un de ses modèles, c'est-à-dire les gens pour qui il a un grand respect et une

grande estime, dont il peut s'inspirer, sont d'une grande importance.
Comme Mandela, je pense qu'il fera de son mieux pour ne pas décevoir.
Ces deux grands hommes noirs, Mandela et Obama, se sont battus, chacun, en sa manière, dans son pays. Le premier est resté en prison durant 27 ans, y est sorti en héros, a été élu président de l'Afrique du Sud, son pays, a fait un seul mandat et s'est retiré avec sagesse.
Le second vient de prouver que le travail, l'humilité et surtout le sens de l'organisation sont des clés de la réussite.
Mandela est d'un pays où les Noirs, majoritaires, furent victimes de l'apartheid avant de se libérer. Obama est des Etats-Unis où les Noirs, minoritaires, ont subi des crimes et des humiliations. Ces deux grands hommes incarnent le pardon, la fraternité et l'avenir de l'humanité ! Ces deux grands hommes n'appartiennent pas aux seuls noirs. Ils sont des trésors pour toute l'humanité.
Albert, aujourd'hui est une fête et demain, je l'espère, est déjà un autre jour !
Enfin, comment tu as trouvé notre petit voyage ?

Très intéressant ! Je n'ai même pas vu le temps passer.
Tonton, merci de ta patience et deta disponibilité ! C'est juré ! Je serai désormais, à l'école, le premier de ma classe! Je serai aussi un grand homme !
Je veux te demander un service !
Je t'en prie !

S'il te plait, trouve-moi un grand poster de Barack Obama. Je l'accrocherai dans ma

chambre. Je le regarderai, chaque jour, au réveil avant d'aller à l'école. S'il te plait, tonton !
Albert, sans soucis, tu auras ton poster et il sera grand. Grand comme Obama !

C'est moi qui expliquerai désormais Barack Obama à mes copains !

Merci, tonton !

Grandes dates

1936 : Naissance de Barack Obama senior au Kenya, père de Barack Obama
1942 : Naissance de Stanley Ann Dunham, sa mère
4 Août 1961 : Naissance de Barack Obama à Hawaii
1963 : Séparation de ses parents
Janvier 1964 : Le divorce prononcé à Honolulu
1965 : Retour de Barack Obama sr au Kenya après ses études
1967 : Départ en Indonésie avec sa mère pour rejoindre son nouveau mari
1970 : Naissance de Maya Kassandra Soetoro- Ng, demi-sœur de Barack Obama
1971 : Retour à Hawaii auprès de ses grands parents maternels
Le père d'Obama retourne aux Etats-Unis revoir son fils. Ils ne se reverront plus
1982 : Mort accidentelle de son père au Kenya
1983 : Obama est diplômé de sciences politiques de l'université de Columbia (New York)
1985 : Il arrive à Chicago et travaille comme organisateur de communauté
1988 : Obama découvre, pour la première fois, le Kenya
1988-1991 : Etudes à Harvard dont il sort, diplômé et est le 1er noir à diriger la prestigieuse revue juridique de cette université
1992 : Mariage avec Michelle Robinson, sa femme
1995 : Publication de son libre, *Les Rêves de mon père*
1995 : Mort d'un cancer de sa mère
1996 : Election de Barack Obama au Sénat de l'Illinois
1998 : Naissance de sa fille Malia
2000 : Echec de sa candidature à l'investiture pour un poste à la chambre des représentants, largement battu par Bobby Rush, un Noir, ancien des « black Panthers »
2001 : Naissance de sa seconde fille Natasha ou Sasha
2004 : Discours remarquable à la convention d'investiture démocrate de Boston qui consacre la candidature de John Kerry.
Election triomphale avec 70% des voix au Capitole, Sénat américain dont il est le seul Noir parmi 99 Blancs
2006 : Publication de son livre *L'Audace d'espérer*

2007 : en février, annonce sa candidature à l'investiture démocrate.
25 au 28 Août 2008 : Obama est désigné candidat du parti démocrate à la convention de Denver
4 Novembre 2008 : Election à la présidence des Etats-Unis
15 Décembre 2008 : Election par les grands électeurs
20 Janvier 2009 : Entrée à la Maison blanche
4 Juin 2009 : Discours du Caire au monde musulman
10 Juillet 2009 : Voyage au Ghana et discours d'Accra
9 Septembre 2009 : Discours important sur la reforme du système de santé devant le congrès des Etats-Unis !

Petite bibliographie

Barack Obama, *Les Rêves de mon père*, presses de la cité, un département de place des éditeurs, 2008, poche
Barack Obama, *L'Audace d'espérer- Une nouvelle conception de la politique américaine*, Presses de la Cité, 2007
Barack Obama, *De la race en Amérique*- Edition bilingue français-Anglais, Grasset, Fasquelle, 2008

François Durpaire, *L'Amérique de Barack Obama*, Editions Demopolis, 2008

Guillaume Debré, *Obama, les secrets d'une victoire*, fayard,2008

Guillaume Serina, *Barack Obama ou le nouveau rêve américain*, l'Archipel, 2008

Marc Kravetz, *Obama, petite encyclopédie*, Dalloz, 2008
Nicole Bacharan, *Les Noirs américains, des champs de coton à la Maison blanche*, Editions Panama, 2008

Pap NDIAYE, *Les Noirs américains, En marche pour l'égalité*, Découverte/ Gallimard, 2009

Achevé d'imprimer en octobre 2009
sur presse numérique par CPI, Firmin Didot
au Mesnil-sur-l'Estrée

N° d'impression : 97044

Imprimé en France